KB142991

밥은 먹었어요?

- <치유공간 이웃>과 함께한 평범한 이들의 이야기

차례

이웃, 가장 평범한 이들의 연대

치유공간 '이웃'은 정신과 의사 정혜신, 심리기획자 이명수 부부의 기획으로 세월호 참사가 일어난 그해 2014년 9월 문을 열었다. 세월호 참사 피해자들의 일상 회복과 심리 지원을 위해 만들어졌으나 '이웃'이 해 왔던 일은 보통의 치유 기관과는 조금 달랐다. 데스크의 직원에게 문의하여 상담을 받거나 프로그램을 안내받는 일반적인 심리 지원 기관과 달리, '이웃'은 그야말로 이웃들이 있는 마을회관 같은 곳이었다. 아이를 잃고 지친 부모들이 들러 밥상을 나누거나 아이를 떠올리며 오래도록 울다 갈 수 있는 곳, 함께 뜨개를 하거나 이야기를 나누는 그런 곳이었다. 상담 프로그램이 있었지만, 이것이 밥상을 나누거나 뜨개를 하는 것과 별반 다르지 않은 느낌으로 다가오는 곳이 바로 '이웃'이었다.

그러니 '이웃'은 함께할 많은 이웃이 필요했다. 밥할 이들, 설거지할 이들, 청소할 이들 말이다. 도우러 오겠다는 상담·요가·명상 등의 전문가들이 많았지만, 우리에게는 전문가가 아닌 일상을 거들어 줄 이가 더 절실했다. 차지게 밥을 하고 뽀득하게 설거지를 해내는 이가 '이웃'에서는 전문가였다. 우리에게 중요한 일은 사랑하는 이를 잃고 슬퍼하는 이들에게 밥상을 내주고 눈 맞추며 이야기를 듣는 것이었기 때문이다. 이 일에 명함 한 장 내밀 것 없는 가정주부들이 가장 먼저 손을 내주었다. 그리고 넉넉하지 않은 살림에 꼬박꼬박 후원금을 전하는 평범한 직장인들과 멀리서 누군가가 달걀과 반찬을 보내어 부족한 찬을 메워 주었다. 평범한 일상을 살던 분들이 겪은 참사에, 역시 가장 평범한 이들이 함께했다. 꿀벌 같고 개미 같던 그분들 덕분에 세월호 참사라는 춥고 어두운 긴 터널을 뚜벅뚜벅 걸어갈 수 있었다. 궂은일을 하고도 내가 한 게 없다고 늘 말하던 평범한 그들이 바로 치유공간의 '이웃'이었다. 이렇듯 평범한 이들의 힘, 평범한 이들의 연대가 치유공간 '이웃'의 시작이자 끝이다.

이 책은 그렇게 함께한 이웃들의 이야기를 담았다.

책을 통해서라도, 자원활동가들이라는 호칭으로 퉁쳐진 이들의 이름을 불러 주고 싶었다. 그저 흰 앞치마를 두른 그분이라거나, 달걀 보내 주는 분으로 불리던 이들의 또렷한 목소리를 들려주고 싶었다. 많은 분들의 이야기를 담고 싶었지만 아쉽게도 단 열 명의 이야기만 담을 수 있었다. 그간 함께해 온 분들이 수백이 되는 터라 더없이 민망하고 부끄럽다. 게다가 이웃 사람들은, 자신이 한 게 없다며 손사래 치기가 특기인지라 책에 실린 열 분마저도 다른 이들에게 내내 미안해할까 봐 걱정이 앞선다. 혹여 있을 미안함과 서운함은 부족한 저에게 모두 건네주기를 부탁드린다. 그런데도 바람을 말해 본다면, 열 명의 목소리에서 백 명, 아니 천 명의 목소리를 들어 주었으면 하는 희망을 품어 본다. 그리고 그 안에서 마음으로 함께한 당신의 목소리를 찾을 수 있다면 더 바랄 게 없겠다.

아울러 더없이 평범하여 누구보다 특별했던 수요팀, 오래도록 가족들의 몸을 만져 주었던 권혜반, 이만희 선생님과 <지금… 여기…> 한의사 선생님들, 이웃이 어려웠던 길목마다 응원을 보내준 <4·16그리고우리들>, 그리고 강진영 님과 <노란리본공작소>, 이 책의 여정에 함께해 준 강소영에게 고마운 마음을 전하고 싶다. 마지막으로 '이웃'의 시작을 열어 준 정혜신, 이명수 선생님과 '이웃'의 마무리를 함께한 김지희, 이인숙, 최윤경, 황남조에게 특별한 감사를 보낸다.

2022년 2월

이영하

치유공간
이웃

밥이 건네는 말

밥이 건네는 말

1인분에 얼마예요?

이웃에 온 사람이라면 식사하고 가라는 말을 흔하게 듣는다. 세월호 참사의 피해자든 아니든 그 누구라도 말이다. 밥때가 되어 일어서려는 사람이 있으면 으레 밥 먹고 가라는 말이 나온다. 됐다며 손사래를 치고, 그러면 팔을 끌어와서 앉히고 밥상을 내놓는 모습이 흔했다. '왔으면 밥을 먹고 가야지'라는 말이 하루에도 몇 번씩 나왔다. 그렇게 이웃에선 누구나 밥을 먹었다. 유가족도, 자원활동가들도 다 밥을 먹었다. 후원 물품을 가지고 왔다가 붙잡혀 밥을 먹고 가는 이도 있고, 전기를 손봐 주러 왔다가, 또는 정수기 필터를 갈러 왔다가 밥을 먹고 가는 이도 있었다. 이웃은 늘 그랬다.

7년간 그렇게 차려진 밥상이 몇 번인지, 그리고 몇 사람이나 먹었는지 알 수가 없다. 처음 얼마간은 예산을 내기 위해서라도 수를 세어 보려 했지만 결국 포기하고 말았다. 밥상을 차려내는 일에 정신이 없기도 했고, 그 수도 들쭉날쭉 달랐기 때문이다. 세월호 참사 진상규명 투쟁 상황이나 정치적 상황에 따라, 또는 날씨에 따라서도 이웃에 오는 이들의 수가 달랐다. 오는 이가 너무 많아 종일 압력밥솥이 팽팽 김을 뿜어내는 날도 있고, 또 어느 날은 상근자들과 자원활동가 몇몇만 마루에 둘러앉아 밥을 먹기도 했다. 그리고 이웃은 보통의 단체에서 사업을 기획할 때처럼 밥상을 명시적으로 정리한 적이 없다. 대상, 수량, 시기 등 사업에서 보통 정하는 그런 것들 말이다. 말하자면 밥상은 누구한테 줘야 하는지, 몇 사람까지 줘야 하는지, 몇 시까지 줄 건지를 정해 놓고 시작하지 않았다. 이렇게 쓰면 운영이 너무 방만하지 않았냐는 손가락질을 받을까 내심 걱정이 되지만, 이웃의 거의 모든 사업은 사실 이런 식으로 만들어졌다. 사업의 목적, 대략의 큰 얼개를 잡기까지는 치열하게 토론했지만 일단 방향과 윤곽이 정해지면 우선 시작부터 하고 보았다. 세월호 참사 피해자들에 대한 도움은 시급했고 상황은 시시각각 빠르게 바뀌었기 때문이다.

다 이런 이유가 있어서였지만, 하여튼 이웃 밥상은 잘 짜진 틀이나 체계, 명확한 기준이나 규칙이 별로 없었다. 그때그때 상황에 맞게, 또는 필요에 맞게 운영되고 변형되었다. 개다리소반에 놓인 밥상을 차리다가, 죄의식에 밥을 하지 못하는 집들이 많은 걸 알고는 반찬을 싸서 주기도 했고, 거리에서 싸우느라 이웃에 못 오는 분들을 위해 정기적으로 분향소에 반찬을 보내기도 했다. 또 가만 보니 집집이 김치가 제일 급해 보여서 매달 김치를 담갔다. 늘 이런 식이었다. 그러고 보니 7년간 멈춤 없이 가장 길게 했던 일이 치유밥상인데 그럴싸한 무슨 이론적 근거나 효과 검증 같은 게 하나도 없다. 이 점이 살짝 부끄럽기도 하고 아쉽기도 하다. 하지만 대조군과 비교한 치유밥상의 효과라든가, 일반인들까지 함께한 치유밥상은 어떤 질적 의미가 있나 등의 연구를 상상하면 궁금함보다 웃음이 먼저 나오기는 한다. 마음이 지쳤을 때 시골집 할머니가 끓여 준 된장찌개를 먹고 기운 차린 이유를 꼭 영양학적으로 연구해야 알게 되는 건 아니지 않나. 마음 시릴 때 먹은 뜨거운 국밥에 위로받은 마음까지 논문을 봐야 이해되는 건 아니지 않나. 그저 겪어서 아는 일이 더 많지 않은가 말이다. 그럴싸한 근거를 갖지 못한 데 대해 굳이 변명하자면, 이웃의 밥상이 바로 그런 된장찌개 같은 밥상, 뜨거운 국밥 같은 밥상이 아니었나 싶다.

하지만 이웃의 밥상에 대해 요목조목 정리해서 말해야 하는 일들은 심심치 않게 있었다. 바로 이웃 밥상을 보고 "얼마예요?"라는 질문을 받을 때이다. 자주는 아니지만 어쩌다 방문한 손님들이 이렇게 물을 때가 있었다. 밥상 한 상에 얼마냐, 또는 1인분에 얼마냐 묻거나, 값을 치를 테니 대규모 밥상을 차려 달라는 경우도 있었다. 이런 질문을 받으면 아무 말도 못 하고 멍하게 있게 된다. 값을 매겨 본 적도 돈을 받아 본 적도 없어 딱히 답할 말이 없기도 했다. 보통은 거저 밥상을 받는 미안함을 덜고 싶어 하는 말이었지만 찜찜한 마음이 쉽게 가시지는 않았다. 혹시 이곳이 식당으로 느껴졌나 싶고, 이웃 나름의 푸근함이 어떤 서비스처럼 느껴진 거면 어쩌나 싶어 걱정되었다. 이런 점에서, 이 질문은 이웃 밥상이 어떠해야 하는가를 치열하게 생각하게 해 주었다. 그 무슨 이론적 근거나 학술 가치를 염두에 둔 것은 아니지만, 이 질문에 대한 답을 할 때면 이웃 밥상의 의미를 진지하게 생각할 수 있었다. 그런 면에서 보면 1인분에 얼마냐는 질문은 이웃 밥상에 있어 정말 고마운 화두라 할 수 있다.

그 화두로부터 출발하여 이웃 밥상에 대해 말하자면 이렇다.

지금에야 그런 일들이 적지만 중장년쯤 되는 사람들은 어릴 때 이웃과 섞여 지낸 기억들이 많았을 것이다. 어른들이 늦는 날이면 옆집에서 저녁을 얻어먹기도 하고, 접시에 담긴 음식들이 오고 가는 일이 흔했다. 하지만 이때 먹은 밥에 대해 값을 치른 일은 없었을 것이다. 굳이 값을 따지자면 얻어먹은 시루떡 접시에 부침개 한 장을 올려서 되돌려주는 정도다. 밥때에 온 사람을 그냥 보내지 않고 찬이 없어도 밥 한 그릇 더 떠서 둘러앉아 먹는 일은 흔하디흔한 풍경이었다. 이웃의 밥상은 딱 이런 밥상인 셈이다. 그가 피해자든 자원활동가든, 또 그 누구든지 간에 둘러앉아 먹는 옆집 밥상 같은 것이다. 그러니 1인분이 얼마고, 한 상이 얼마인지 도무지 답해 줄 수가 없는 것이다.

물론 돈을 받지 않는다는 것만으로 이웃 밥상을 다 설명할 수는 없다. 이 점은 이웃의 설립 취지로부터 거슬러 올라가 이야기할 수 있을 것이다. 이웃이라는 단체 구상에서 출발이 되는 모티프는 마을회관이었다. 이웃이라는 이름도 아직 정해지지 않았던 그때 우리는 마을회관에 대해 많은 이야기를 나누었다. 정신과 의사 정혜신 선생님, 심리기획자 이명수 선생님과 함께 그때는 없던 '이웃'의 모습을 상상하고 토론했다. 마을회관의 기능에 대해 알아보기도 하고, 사람들이 마루에 둘러앉아 밥 먹는 모습, 마루에 눕거나 자는 모습 등 여러 가지를 떠올리며 이야기를 나누었다. 무엇보다 우리는 마을회관의 마루에 주목했다. 그 마루는 누구나 편히 와서 둘러앉는 곳이다. 그런 마루가 되기 위한 가장 중요한 요소가 바로 밥이다. 그곳에는 모락모락 김이 오르는 밥상이 있고, 어서 와 밥 먹으라는 사람들이 있다. 입이 깔깔한 사람에게 누룽지를 내주고 집에 찬이 없는 이에게는 반찬을 싸 준다. 그곳에 오면 집밥 같은 밥상을 앞에 두고 잠시 쉬어 갈 수 있다.

다 먹고살자고 하는 일이라는 말, 언제 밥 한번 먹자는 말, 밥은 먹었냐는 말에서 볼 수 있듯이 우리의 삶에 밥은 밑바탕과 같은 것이다. 이런 밥은 평범한 일상을 사는 이들만이 아니라 사랑하는 이를 잃어 마음 아픈 이들에게도 중요한 바탕이다. 물론 회복을 위해 상담을 비롯하여 여러 가지 도움을 받을 수 있다. 그러나 그것들은 할 수도 있고, 하지 않을 수도 있다. 그러나 밥은 선택의 여지 없이 늘 그들 앞에 되돌아온다. 세월호 참사 피해자들에게 그렇게들 돌아가라 말하는 일상이 바로 밥을 지어 먹는 그런 하루하루가 아닌가. 누구나 반드시 살아내야 하는, 밥이 있는 일상 말이다. 그래서 더욱 상상 속 마루에는 따스한 밥이 필요했다. 너무 슬퍼서 먹기 힘들고 하기 힘든 밥을 이웃의 힘을 빌려 해내는 곳이 바로 그 마루였으면 했다. 동네 사람들이 가져오는 된장이며 애호박, 나물 들로 밥을 해서 한 수저 떠 보라 권하는 곳, 그리고 그 말에 울컥해서 억지로라도 한 수저 뜨는 곳이었으면 했다. 상상 속 마루는 전문적이지도 않고 특별난 기능도 없었지만 푸근했고 따뜻했다. 다른 것들을 그려 보고 상상해 보았지만, 우리의 토론은 늘 밥으로 돌아왔다. 여러 다른 것들이 마루를 풍성히 해 줄 수 있지만, 결정적으로 밥을 뺀다면 그곳은 냉골 바닥과 다를 바 없었다. 이렇게 따스한 밥상이 있는 그 마루의 모습이 이웃의 원형이라 할 수 있다. 상상 속 마루는 그렇게 치유공간 이웃으로 현실이 되었다.

그러니 다시 물어본다 해도 1인분이 얼마인지 아무 답을 할 수가 없는 것이다. 전국 곳곳에서 보내오는 제철 감자며, 고구마, 그리고 직접 담가 보내는 고추장이며 된장의 원가를 어떻게 책정할 수 있나. 어린애들을 부리나케 학교에 보내고는 서둘러 이웃에 와 콩나물을 다듬고 쌀을 씻는 노동력에 어떻게 값을 매길 수 있나. 애초에 값을 책정할 수 없는 것들로 채워진 밥상인 셈이다. 굳이 1인분이 얼마냐 묻는다면 대충 눈물 한 그릇이라 답하거나, 정성 한 보따리라는 정도의 답을 할 수 있을까 모르겠다.

그럼에도 이웃의 밥상이 어떤 대단한 위로를 줄 수 있다고 생각한 사람은 아마 아무도 없을 것이다. 짐작건대 함께 밥상을 만든 대부분의 사람은 이웃의 밥상이 무슨 치유가 아니어도 좋다고 생각했을 거다. 그 밥상이 위로였기를, 또 힘이었기를 바라 보지만, 또 아니어도 괜찮다 여겼을 것이다. 그 밥이 순간의 허기를 달래는 것이어도 되고, 한 끼의 수고로움을 덜어 주는 것이어도 된다고 말이다. 옆집에서 함께 먹던 밥에 무슨 마법 가루가 있을 거라 생각해 본 일이 없는 것처럼 말이다. 내가 늘 먹던 그런 밥 한 상을 둘러앉아 나누어 먹었을 뿐이니 말이다.

여기까지가 이웃 밥상에 대한 화두의 답이다. 7년간 수천 번 밥상을 내느라 애썼던 이들을 생각하면 좀 더 멋지고 수려하게 밥상의 의미를 정리하고 싶은데 아쉽다. 하지만 생각해 보면 밥상을 내느라 애썼던 그분들이야말로 이렇게 말하지 싶다. 매일 먹는 집밥에 무슨 의미며 가치를 복잡하게 따지냐고. 집밥이야 먹어 봐야 아는 거지, 공부해서 아느냐고 말이다. 이 대목 쯤에서 어서 와서 밥 먹고 가라고 팔을 잡겠지. '이웃에 왔으니 밥은 먹고 가야지'라고 말하면서. 그러면서 내놓는 밥상이 바로 이웃 밥상이다. 1인분에 얼마냐고? 우선 밥부터 먹고 얘기하자고.

치유공간
이웃

밥은 밥이 아니야

이름 | 최순옥

나이 | 1956년생. 무료 승차권이 발급됨.

취미 | 여행. 가장 멀리 떠났던 크로아티아 여행이 가장 기억에 남습니다.

별명 | 옥실장

사는 곳 | 안산

치유공간 이웃에서 실장으로 근무하며 7년간 치유밥상을 담당했습니다. 그동안 차려낸 밥상이 몇만 개는 되겠네요. 같은 재료로 다양한 요리를 만들어내는 것이 특기입니다. 치유공간 이웃에서의 근무 기간은 제 일생 가장 슬펐지만 또 보람되고 행복한 시간이었습니다.

"밥이 저희한테야 밥이지, 그분들한테는 밥이 아니에요."

밥이 밥이 아니라는 말은 실장님의 지론이다. 아니, 밥 철학이다. 밥은 밥이되 단순한 밥이 아니라는 말을 자주 하셨다. 근데 딱 거기까지다. 뭔가 더 물으면 "아휴, 난 몰라요. 그만 얘기하고 거기 마늘 두 개만 더 까 줘요."라고 답하기 일쑤다. 대화가 늘 이런 식이다. 철학적인 뜻이 있을 것만 같지만 근거나 배경을 알 도리가 없다. 하지만 신기하게도 다들 알아듣는다. 왜냐면 밥이 밥이 아니라는 걸, 실장님은 늘 밥으로 보여 주기 때문이다. 흰쌀밥, 잡곡밥을 비롯하여 온갖 장아찌

와 나물, 국과 찌개로 설명해 주기 때문이다. 그래서인지 이웃 사람들은 '밥이 밥이 아니'라는 알쏭달쏭한 말을 다 아는 것 같다. 물론 이유를 설명하는 사람은 없다. 그저 먹어 봐서 알고, 만들어 봐서 알고, 눈으로 봐서 안다.

그런데 어쩌지, 책 안에 밥을 넣을 수는 없는 노릇인데 여기서는 어떻게 알려 주시려나. 먹어 봐서 알고, 만들어 봐서 안다는 그 밥을 어떡하시려나. 얘기는 됐고 마늘이나 까라는 말도 못 하실 텐데…. 아, 벌써 궁금하다. 먹는 게 아니라, 읽고 듣는 밥이라니! 어떤 밥상을 차려 주시려나.

Q. 첫 질문으로 그날을 여쭤보려고요. 2014년 4월 16일 세월호 참사 소식은 어디서 무엇을 하시다 들으셨어요?

A. 그날 기억이 아주 선명해요. 4월 16일 오전 9시에서 10시 사이였어요. 동네 어르신 한 분이 돌아가셔서 성당 사람들이랑 병원으로 기도를 해 주러 갔어요. 근데 TV에서 사고가 났다더라고요. 그것도 안산 단원고등학교 아이들 탄 배가 침몰했다고. 인원이 500명이 넘지, 아이들이지. 다들 경악을 했죠. 근데 조금 있다가 전원 구출했대요. 그 소식 듣고는 다들 막 박수를 쳤어요. 영안실도 무색할 정도로 박수를 치고 환호성을 질렀잖아요. 그러고는 이제 저희 볼일을 봤거든요. 근데 웬걸 그날부터 암흑의 시대가 온 거죠. 정말 잊을 수가 없어요, 그날을.

Q. 장례식장에서 환호성을 지를 만큼 기뻐하셨는데, 전원 구출이 아니었잖아요. 그 소식 듣고는 마음이 어떠셨어요?

A. 무너졌죠. TV에서 눈을 뗄 수가 없었어요. 그 침몰하는 배를 24시간 보여 줬잖아요. 주변에 배랑 헬기가 있는데도 못 구하고 그 와중에 선장은 팬티 바람으로 도망 나오고. 그 상황을 다 봤으니 정말 무너졌죠. 기가 막혔어요. 그걸 전 국민만이 아니라 전 세계가 다 봤죠. 시카고에 사는 친구한테서 7년 만에 전화가 왔어요. '안산이라는데 너 아는 지인도 있니?' 그러면서요. 그 뒤에는 분향소를 들렀어요. 거기에 글씨가 쓰인 리본들이 있었는데 '어른이 돼서 이것밖에 못 해 미안하다'는 말들이었어요. 근데 그게 진심이었던 것 같아요. 뭔가 좀 할 수 있는 게 없나…. 그런 마음으로 살았어요.

Q. 그러면 이웃과는 언제 함께하신 거예요?

A. 바로는 아니고, 저는 조금 늦었어요. 2014년 9월 26일에 이웃 면접을 봤거든요. 날짜도 기억해요.

음식을 전담할 사람을 찾은 지 여러 날이 지났지만 마땅한 분을 만나지 못하던 때다. 꽤 여러 사람을 만나 보았지만, 적임자가 없었다. 사실 치유밥상이 무엇인지 잘 몰랐기 때문에 적임자의 조건이랄 것도 별달리 없었다. 물리적으로 밥상을 잘 차려내는 것 이상의 능력이 필요하다는 막연한 생각만 있을 뿐이었다. 사람을 구하지 못하는 게 그런 막연한 마음 탓인가 싶어 속이 번잡했다. 그렇게 여러 날이 지난 후 최순옥 실장님을 만나게 되었다. 거짓말 같게도 만나는 순간 '아, 이분이구나.' 싶었다. 정말이지 그랬다. 불명확한 적임자의 조건이 그 순간 명백해지는 느낌이었다. 이웃 문을 조심스레 열던 손짓, 유가족과 눈

마주치지 않으려 애쓰던 표정, 이웃을 둘러보던 슬픈 눈빛이 많은 것을 말해 주었기 때문일까. 여러 자격증과 다양한 활동 경력을 선보이며 자신감 있게 스스로를 소개하던 분들과는 참 많이 달랐다.

Q. 말씀을 듣다 보니 문득 이웃의 면접은 어땠을지 궁금하네요.

A. 그날 몇 시에 오라 해서 이웃에 갔어요. 근데 사람이 너무 많고 정신이 없어서 계단에서 면접을 봤어요. 이웃이 3층인데 한 계단 올라가서 4층 계단에서요. 그러고는 옥상에도 올라가서 얘기하고. 그날 '어디 갔다가 이제 왔냐.'고 하더라고요. 나중에 들었는데 안옥란이가 그랬대요. '이 언니 놓치면 후회할 거야.'라고요. (웃음) 그날이 금요일인가 그래요. 바로 출근해 달라고 해서 월요일부턴가 나갔잖아요.

맞다, 그랬다. 마땅한 분이 구해지지 않아 고심하던 어느 날 안산의료사협에서 봉사하던 안옥란 선생님에게서 전화가 왔었다. 이웃에 아주 딱 맞는 분이 있다고. 음식 솜씨만이 아니라 심성 좋고 성실하고 나무랄 데 없는 그런 분이라고. 좋은 분과 인연 맺도록 해 주시고는 안옥란 선생님은 얼마 뒤 간암으로 돌아가셨다. 그날 통화의 마지막 말이 지금도 선하다. "자기야, 그 언니 놓치면 평생 후회해."

Q. 면접 보시고는 바로 출근이라니 일사천리네요.

A. 자원활동가 선생님들이랑 실무자들이 몇 주 동안 굉장히 고생했나 보더라고요. 사실 그렇잖아요. 집에서 네 식구 하는 밥

은 할 수 있어도 다른 사람들 먹이는 건 또 잘 안 되잖아요. 잘되던 것도 안 되잖아요. 그래서 회의를 했나 봐요, 이건 아니라고. 자원활동가들은 사실 안 나올 수도 있고요. 이 일을 전담하는 상근자를 둬야겠다고 얘기했대요. 그래서 계속 면접을 봤다나 봐요. 그러니 어떻게 해요. 출근해야지.

이웃은 2014년 9월 9일 공식적으로 문을 열었다. 9월 말부터 출근하셨으니 실장님이 안 계셨던 기간은 3주가 채 되지 않는다. 하지만 실장님 없이 주방을 꾸려 갔던 기간이 족히 석 달은 되는 느낌이다. 그 동안 나와 자원활동가들은 고군분투하며 밥상을 차렸다. 하지만 노력만이 답은 아니라서 부족한 밥상을 차리곤 했다. 맛이 없는 것은 말할 것도 없고 양도 맞추지 못해 모자라거나 넘치기 일쑤였다. 밥이 설익거나 홀랑 타서 우선 반찬만 드시라고 한 날도 더러 있다. 그때 밥상을 떠올리니 얼굴이 뜨겁다. 애는 애대로 쓰는데 일은 잘되지 않아 매일 울고 싶은 심정이었다. 그 당시 얘기를 꺼내자면, 군 복무 시절 고생담을 말하는 남자들 저리 가라 쏟아낼 수 있다.

Q. 세월호 참사 유가족들을 만나야 한다는 것에 대한 부담감은 없으셨어요? 이웃에 와서 유가족과 눈 마주치지 않으려고 했다는 분들도 많던데요.

A. 그런 생각은 딱히 없었어요. 그때 사람들이 진도도 내려가고 그랬잖아요. 친구 중에도 봉사하러 간 경우가 꽤 있거든요. 나도 기회가 되면 한번 가겠노라 하는 마음은 항상 있었어요. 그분들을 위해서 나도 뭔가 하고 싶다 하는 마음이요. 치유공간 이웃

에 이렇게 투입이 될 줄은 꿈에도 몰랐지만요.

Q. 처음 출근하던 날, 어떤 게 제일 인상에 남으세요?

A. 전국에서 온 채소랑 과일 들이 계단까지 막 쌓여 있었어요. 어마어마했죠. 계속 두면 상하니까, 조금씩 나눠서 싸 주고 그랬어요. 근데 제가 그런 걸 굉장히 잘하거든요. 성당에서 맨날 하던 게 그거예요. 그날부터 이걸 했어요. 내가 이러려고 성당에서 그렇게 봉사를 했구나, 생각했죠.

Q. 그럼, 본격적으로 치유밥상에 대해 여쭤볼게요. 메뉴는 어떤 과정으로 정하셨어요?

A. 처음에는 먼저 오신 자원활동가들하고 같이 짰어요. 그분들은 나름 소신을 갖고 짜셨죠. 영양분을 배분하고, 그러니까 5대 영양소를 다 넣어야 하고요. (웃음) 저도 옛날에 요리 학원 다닌 적이 있어서 알죠. 근데, 그게 전혀 도움이 안 되더라고요. 5대 영양소며, 오이를 몇 센티미터로 자르느냐가 밥상에 뭐 그리 중요하겠어요. 처음에는 얼떨결에 한다고 했는데 이게 날이 갈수록 더 어려운 거예요. 그래서 요리책을 사서는 매일 보고 인터넷도 보고 그랬죠. 제가 아는 가정식은 한계가 있으니까요. 밤마다 고민했어요. 아마 그거 아무도 모를 거예요.

정말 몰랐다. 늘 실장님은 음식을 뚝딱 해내는 분이라 생각했다. 요리하는 모습을 보고 있으면 뭐든 술술 하는 것처럼 보였다. 물론 이웃에서의 요리가 쉽지 않으셨을 거다. 이웃은 정해진 인원이 때를 맞

춰 오는 곳이 아니다. 그러니 식수 인원을 알 수가 없다. 식당처럼 재료가 소진되면 더 이상 음식을 팔지 않는 곳도 아니니 양 조절이 거의 불가능했다. 게다가 후원으로 들어오는 식재료 관리도 만만치 않았다. 양파 수확 철이면 양파가 줄지어 들어왔고, 감자 수확 철에는 감자 박스로 벽을 다 채울 지경이었다. 그때그때 장을 본다고 하지만 쌓인 식재료를 이용하지 않을 수 없으니 얼마나 난감했을까. 같은 재료로 다양한 음식을 만들어야 하는 고충이 이만저만 아니었을 테다. 하지만 죄송스럽게도 실장님의 그런 고충을 깊이 생각해 본 적이 별로 없다. 내 눈에는 맛있는 밥상이라는 결과물만 크게 보이고는 했다. 물 위에 떠 있는 우아한 백조가 물 밑에선 미친 듯 발헤엄을 친다지만, 설마 우리 실장님이 그럴 줄이야.

Q. 사실 밥이란 게 매일 먹는 거라 특별할 게 없잖아요. 그런데 이웃에서는 이걸 '치유밥상'이라고 하잖아요. 집에서 먹는 밥이랑 이웃에서 말하는 치유밥상이랑 어떻게 다르다고 보세요?

A. 아무래도 유가족들이 밥을 잘 못 넘겼잖아요. 그래서 우선 부드럽고 목 넘김이 좋아야죠. 또 너무 화려한 건 안 돼요. 명절 음식이나 잔치 음식 같은 거요. 잡채 같은 걸 보면 엄마들이 맘에 걸리는 거예요. 명절이나 행사 때 많이 먹잖아요. 그러다 보면 아이 생각이 나고. 언젠가 한 번은 닭복음탕을 했는데 어떤 어머니가 못 잡수시더라고요. 그래서 왜 안 드시냐 했더니 "저희 애가 이걸 너무 좋아했어요. 저는 못 먹겠네요." 하더라고요. 그런 사정을 전부 알 수는 없어요. 하지만 그런 것까지도 다 생각을 하게 돼요.

'치유밥상'이라는 말을 이웃에 와서 처음 들어 보았다. 하지만 밥상으로 아픈 마음을 치유한다는 말이 그렇게 낯설지만은 않았다. 속상하고 힘들 때 먹고 싶은 음식이 생긴다던가, 어떤 걸 먹고 좀 나아졌다는 얘기는 많지 않던가. 하지만 당장 아이를 잃고 울고 있는 부모들에게 어떤 밥상을 내놓아야 하는지 쉽게 답해지지 않았다. 당시 유가족들은 밥을 잘 먹지 못했다. 나 살자고 밥을 하나 싶고, 나 살자고 밥을 먹나 싶어 밥상 앞에서 우는 일이 다반사였다. 허기가 져 한술 뜨려다가도 이내 수저를 놓기 일쑤였다. 이런 분들에게 어떤 밥상이 위로가 될까, 어떤 밥상이어야 한술이라도 편히 뜨게 할까를 두고 고민한 날이 길었다. 하지만 밥으로 마음을 위로한다는 큰 틀만 있지 그것이 무엇으로 채워질지 아무도 알지 못했다. 매일 밥상을 차리며 무엇이 맞는지에 대해 고심했다. 그나마 다행이었던 건, 무엇을 차려야 하는지는 몰라도 무엇을 하면 안 되는지는 선명했다는 것이다. 정성을 다한 밥상이되 화려한 음식은 아니어야 한다는 것, 맛있는 음식이되 특별한 요리는 아니어야 한다는 기준만큼은 분명했다. 그 기준점을 두고 우리는 매일 밥상에 대한 의견을 나누었다. 그러면서 조금씩 밥상이 완성되어 갔다.

Q. 특히 세월호 유가족들을 위해서 밥을 한다는 건 어떤 의미라고 생각하세요?

A. 그 밥이 저희한테는 밥이지만 그분들한테는 밥이 아니에요. 영양제죠. 그냥 밥이 아니고 마음에 뭔가 든든하게 채워 주는 그런 거지 싶어요. 처음에는 밥을 하는 게 진짜 쉽지 않더라고요. 내 나름대로 최선을 다해도 그분들은 잘 드시지 못했어요. 모래

알 씹는 것처럼 그랬죠. 물도 못 넘기는 그런 상황이었고요. 어느 날은 제가 물어봤어요. '뭘 제일 드시고 싶으세요?' 그랬더니 죽이랑 김밥만 아니면 된다는 거예요. 처음에는 무슨 얘기인가 했어요. 참사 초기에 이분들이 울고 지치고 그러면 사람들이 죽을 갖다 줬대요. 죽이 제일 쉽게 넘어간다 생각하니까요. 그리고 아버지나 형제자매들한테는 그렇게 김밥을 사다 줬대요. 그게 제일 먹기 쉽다고 생각하니까 그랬겠죠. 근데 그 당시에 그건 연명하려고 먹는 거죠. 음식이라기보다는 그냥 때우는 거고, 목에 넘기는 거죠. 또 그 음식을 먹으면 그때 생각이 자꾸 나니 괴롭지요. 제일 먹기 싫은 게 김밥이랑 죽이라는 말이 이해가 되더라고요. 그런 점에서 이웃에서의 밥상은 그때그때 생각하고 배려해야 하는 밥상이었던 거 같아요. 여러 가지 고려해야 하는 게 많은 밥상이에요.

만들고 보니 이웃의 밥상은 결국 평범한 집밥이었다. 물론 집밥과는 분명하게 다른 점이 있다. 그것은 이웃의 밥상이 말할 수 없이 깐깐한 밥상이라는 것이다. 마음에 부담이 될 만한 음식이 있는지 없는지 늘 살피는 밥상, 정성을 다하면서도 과하지 않으려 또 살피는 그런 밥상이라는 것이다. 다른 밥상과 다를 바 없는 밥, 국, 김치, 생선 한 토막이 올라오더라도 말이다. 밥상을 받는 이가 어제 저녁 밤새 울었던 건 아닌지, 혹여 배가 아픈 건 아닌지, 이가 들떴는지, 아이 생일이 곧 다가오는지를 살피고 따지며 차려내는 밥상이다. 별다른 찬은 없지만 살피는 마음과 배려만큼은 듬뿍 담겨 있는 밥상이다. 그런 '마음 씀'이라는 반찬이 늘 올라오는 밥상이 이웃의 치유밥상이었다. 그런 밥상을

매일매일 차려낸 이가 바로 최순옥 실장님이다.

Q. 수많은 밥상을 차리셨는데 특히 기억에 남는 밥상이 있다면 어떤 것일까요?

A. 밥도 못 먹고 물도 못 넘기던 엄마가 있었어요. 두문불출하고 맨날 울기만 했는데 어떤 분이 여기 이웃에 가 보라고 했대요. 그래서 이웃에 혼자 왔더라고요. 와서는 저쪽 구석에 혼자 있어요. 이분이 커피를 좋아해서, 그것만 하루에 몇 잔씩 드셨어요. 밥상을 주면 밥은 못 먹고 그랬죠. 그러다 나랑 둘이 눈이 마주쳤어요. 그래서 내가 그날은 누룽지를 끓여 드렸어요. 그랬더니 그걸 먹고 그렇게 우시더라고요. 나중에 물었더니 '자식을 그렇게 잃고도 때가 되니 배는 고파요. 그런데 또 밥을 못 먹겠더라고요. 그런데 실장님 끓여 준 누룽지가 너무 맛있는 거예요.' 그러면서 막 대성통곡을 했어요. 너무 맛있어서 그렇게 눈물이 나더래요. 그 얘기에 같이 울었죠. 수없이 많은 밥상이 기억나지만 울면서 누룽지 먹던 그분 기억이 제일 많이 나요.

Q. 밥상 준비하시면서도 참 많이 우셨겠어요.

A. 엄청 울었죠. 나중에는 엄마들 얼굴을 안 봤어요. 얼굴 보면 눈물이 나서 일을 못 하니까요. 유가족 엄마들이 마루에 들어서면서 '오늘은 안 운다'고 말해요. 그런데 그렇게 울어요. 같은 반 엄마끼리 만나 얘기하다가 울고, 어쩌다 울고, 저쩌다 울고, 늘 그냥 우는 거예요. 그래서 어떤 자원활동가는 일부러 엄마들 안 오시는 요일에 왔어요. 너무 마음이 아파서 못 보겠다고. 그분은 엄

마들 안 오시는 날 와서는 청소하고 식재료 준비해 놓고 그러고 가셨죠.

이웃은 눈물이 흔한 곳이다. 거의 하루도 거르지 않고 우는 이들이 있다. 이웃 초기에는 밥 먹다 말고 울게 되면 수저를 내려놓고는 했다. 밥이 넘어가지가 않았다. 그러다 시간이 흐른 뒤에는 울면서 밥을 먹었다. 눈에서는 눈물이 나고, 입으로는 밥이 들어갔다. 또 그러다 누군가 우스갯소리를 하면 웃음이 터졌다. 눈물이 나고 또 웃음이 나고 그러면서 우적우적 밥을 먹었다. 이웃에서는 하나 이상할 것 없는 자연스러운 장면들이다. 이웃에서 설거지 한 번이라도 해 본 사람이라면 누구나 경험했을 익숙한 풍경이기도 하다. 눈물이 반찬인 양 오르는 곳, 혹여 우느라 밥을 멈추면 '그만 울고 얼른 밥 드세요.'라는 실장님의 엄명이 떨어지는 곳, 우는 이의 밥상에 반찬 하나 더 가져다주는 곳이 이웃이었다. 돌아보니 그 모든 합이 이웃의 밥상이었던 것 같다.

Q. 여러 자원활동가들이 밥상만이 아니라 '김치데이' 이야기도 많이 하더라고요. 거의 매달 김장을 하셨는데 그 과정이 어떠셨어요? 이 일도 밥상만큼이나 만만치 않았겠네요.

A. 김치데이가 한 달에 한 번이잖아요. 둘째 주 화요일에 하거든요. 그럼, 첫째 주부터 준비를 해요. 배추김치만 하는 게 아니라 그때그때 제철 김치를 담그잖아요. 깍두기, 백김치, 열무김치, 나박김치, 오이김치, 파김치, 갓김치 등등 김치가 참 종류도 많아요. 그럼, 거기에 맞는 재료들을 미리 준비하는 거예요. 미리 마늘을

까고 다지고, 썰어 놓고요. 오이, 쪽파, 열무 같은 것들을 씻고 다듬고 해 놓고요. 당일엔 미리 준비한 재료를 버무려서 통에 담는 게 일이죠. 또 택배로 부칠 건 부치고, 배달하는 팀은 배달하고요.

Q. 김치데이라는 이름을 붙이니 꼭 하루에 벌어진 일 같은데 준비 기간이 길군요. 당일도 정신없이 바쁘셨겠어요.

A. 사람이 많이 올 때는 사오십 명 정도 와서 해요. 마루에 빼곡히 앉아서요. 언젠가 깍두기 써는 날은 난리도 아니었어요. 젊은 엄마들이 애기처럼 요만하게 썰어요. (웃음) 샘플을 갖다줘도 그러죠. 이거저거 챙기고 살펴보느라 그날은 정신이 하나도 없어요. 그나마 그날은 밥을 안 하는 유일한 날이에요. 밥을 할 수가 없으니까요. 배달음식을 시켜 먹어요. 그리고 김치데이 할 때마다 제 옆에 딱 붙어서 보조하는 자원활동가가 세 분이거든요. 그분들하고 양념 만들고 버무리죠. 양이 많으니까 버무리는 게 힘으로 하는 거잖아요. 산본에서 오는 선생님이 계신데, 그분이 역도를 배우셨거든요. (웃음)

Q. 설마 김치데이 하려고 역도를 배우신 건 아니죠?

A. 원래 역도를 하신 분이에요. 그분이 근력을 기르려고 역도를 했대요. 큰 대야에 양념을 버무리는데, 엄청 힘을 잘 쓰죠. 어느 날 그러더라고요. 역도 배운 걸 이렇게 잘 써먹을지 몰랐다고요. 그분 말고도 버무리는 일은 힘세고 운동 많이 하신 분들이 했어요.

Q. 김치데이를 매달 한 번씩 1년 반이나 하셨어요. 김치데이 때 담근 김치들 중 기억에 남는 것은 무엇인지요?

A. 지나고 봐도 김치마다 다 만들기가 어려웠어요. 다 어려워요. 제일 어려운 건 하나하나 다듬는 거죠. 열무나 쪽파 같은 건 손이 많이 가잖아요. 그런 게 힘이 들죠. 그리고 제일 맛있고 괜찮은 건 나박김치예요. 그거 하기로 했을 때 다들 어떻게 진행하나 궁금해했어요. 물김치니까 좀 다르잖아요. 저도 저걸 어떻게 하나 싶어 밤새도록 생각을 했어요. 그래서 무랑 오이랑 기타 들어가는 재료를 통에 다 담아 놓고는 미리 만들어 둔 국물을 부었죠. 만들어 놓고 보니 얼마나 예뻐요, 얼마나 예뻐. 나박김치 담은 통을 일렬로 쭉 세워 놨는데 기가 막히게 예쁜 거예요.

Q. 좀 쉬운 걸 하실 수도 있었을 텐데 왜 만들기 힘든 김치를 선택하셨어요?

A. 세월호 유가족이랑 관련 일을 하시는 분들에게 뭘 좀 해 드리면 좋겠다는 얘기가 나왔어요. 처음에는 반찬을 해 드릴까 했죠. 근데 반찬은 그 자리에서 먹으면 맛이 있을지 몰라도, 냉장고에 들어가면 맛이 없어요. 음식이 그렇잖아요. 그런데 김치는 여러 번 들어갔다 나와도 맛있잖아요. 또 김치는 그냥 김치가 아니죠. 정성이 많이 들어가는 음식이잖아요. 그래서 김치가 제일 나을 것 같다고 얘기했죠. 근데 막상 하려니까 과연 할 수 있을까 싶은 거예요. 파김치를 한다고 쪽파가 왔는데 세상에 산더미같이 온 거예요. '와, 저걸 어떻게 다듬지?' 했어요. 근데 손이 많으니 되

더라고요. 다들 주부니까 더 빠르고요. 공동작품이죠. 사람이 많으면 말이 많아서 그렇지… 하면 하더라고요. (웃음)

김치데이는 2017년 6월부터 2018년 7월까지 총 열네 번 진행됐다. 세월호가 인양되고 정권도 바뀐 이후였다. 세월호 참사와 관련한 길고도 지루한 재판이 이어졌고 진상규명은 정부의 공식 기구를 통해 진행되어 갔다. 세월호 참사 진상규명을 위한 집회와 시위는 줄어들었다. 하지만 아직 밝혀진 것이 없었다. 모든 것이 그대로였다. 그런데도 사람들은 이제 다 해결된 거라고 생각하는 것 같았다. 다 밝혀지지 않았냐고, 다 마무리됐지 않냐고 물어보는 이들을 심심치 않게 만날 수 있었다. 그 무렵 친하게 지내던 지인이 내게 '이제 다 끝났지?'라고 물어본 일이 있다. 그 말을 듣고는 나도 모르게 '뭐가 끝이야! 뭘 보고 끝이라고 해!'라며 언성을 높였던 일이 있다. 세월호 참사에 대해서라면 누구보다 관심이 많던 지인의 질문이라 나는 더 당황했고 서운했다. 내 마음이 이 정도인데 유가족들의 마음은 어땠을까. 아이들 죽음의 원인이 밝혀지지 않았는데 이렇게 우리만 남게 되는 건가? 결국엔 자식 잃은 우리만 남아서 외로이 싸우게 되는 걸까? 말로 하지는 않았지만, 유가족의 눈빛에서 뿜어져 나오는 것 같았다.

마음을 전하고 싶었다. 함께하는 이들이 있음을, 마음 포개는 이들이 있음을 알려 주고 싶었다. 직장에 다니거나 어린아이를 돌보느라 집회와 시위 현장에 참여하지는 못하지만 무엇이든 함께하고자 하는 이들이 있음을 알려 주고 싶었다. 그래서 하게 된 일이 시민과 함께하는 뜨개 전시였고, 김치데이였다. 내가 할 수 있는 한 최선을 다해 응원하는 이들이 있음을 전하는 것이 목적이었다. 특히나 김치는 그 마음을 전하기에 참 좋은 소재였다. 누구나 할 수 있지만 누구나 쉽게 하지 못하는 것이 김치다. 가정 살림을 조금이라도 아는 사람이라면 가장 만들기 어려운 게 김치라는 걸 안다. 못하는 음식이 없는 요리 고수 중에도 김치만큼은 사 먹거나 얻어먹는 이들이 많은 이유이다. 그만큼 김치는 수고롭고 귀찮은 음식이다. 많은 시간과 손이 필요한 음식이라 우리의 마음을 전하기에는 김치가 딱이었다. 연대하는 이들의 손과 발걸음, 마음을 김치통에 담아 보냈다고 해야 맞을 것 같다. 김치는 그저 덤일 뿐.

막 햇무가 나오는 때라 깍두기를 담가 보았어요.

수원, 시흥, 서울, 그리고 멀리 원주에서 온 자원활동가들이 옹기종기 모여서 무를 다듬고 썰고 버무려요. 왁자지껄 웃다가도 이내 조용히 사각사각 채소 써는 소리만 들리기도 하고요.

시간이 지나도 여전한 슬픔, 시간이 지나도 규명되지 않은 진실이지만 함께하고자 하는 사람들의 마음만은 여전해요. 그 마음을 오롯이 깍두기에 넣으려고 애썼어요. 마음까지 맛에 배이도록 말이죠. 오독오독 깍두기 베어 물 때마다 함께하는 사람들의 마음까지 그득그득 느끼길 바라면서 이만 총총 합니당. ^^

2017년 9월 이웃 드림

외치고, 싸우고, 밤을 지새운 날들이 얼마였던가요? 사회적 참사특별법이 통과되던 날도 참 추웠어요. 그 소식을 듣고는 커다란 뚝배기에 뜨거운 설렁탕 국물을 담아내고 싶더라고요. 뻥 뚫린 마음이 채워질 수 없겠지만 온몸 온 마음으로 걸어온 길을 뜨거운 국물로 위로해 드리고 싶어요.

오늘 김치데이에는 수녀님들이 많이 오셨어요. 하얀 베일과 하얀 무가 이웃 마루에 어른어른해요. 아마 다른 어떤 때보다 정성이 더할 거예요. 기도가 가득한 김치일 테니까요. 숭벙숭벙 무를 썰어 섞박지를 담갔어요. 오늘만큼은 김이 모락모락 나는 따수운 국물에 밥 잘 챙겨 드시길요. ^^

늘 응원합니다.

2017년 11월 치유공간 이웃 드림

봄이 오네요.

나무는 꽃을 피우고 바람은 따스해지겠지요.

하지만 이제 더 이상 예전의 봄을 맞이할 수 없을 거라는 걸 알아요. 몸으로, 마음으로 봄앓이를 하고 있을…. 곧 다가올 4월 생각에 벌써부터 마음이 아득해집니다. 무엇으로도 달랠 수 없는 고단한 마음을 어쩌면 좋을까요. 그저 옆자리에 함께할 뿐입니다.

힘든 터널과도 같은 봄.

조금이라도 덜 힘들게 지나오길 바라 봅니다.

언제나 응원합니다.

2018년 3월 치유공간 이웃 드림

"이웃에서 준 김치를 꺼냈는데 너무 맛있어 보이는 거야…. 흰 쌀밥에 얹어 먹어 보라는 말에, 정말 그렇게 하고 싶은 거야…. 밥 지었잖아. 흰 쌀밥으로. 사고 후 처음으로 밥을 했어." -OO 엄마

Q. 7년이나 함께했으니 차려낸 밥상이며 음식들만큼이나 만나 온 사람도 많으시겠어요. 이웃 자원활동가들이 주로 실장님을 도와서 음식을 같이 했잖아요. 실장님이 자원활동가들과 손발을 많이 맞추셨겠어요. 기억에 남는 자원활동가들 이야기를 듣고 싶네요.

A. 대단한 분들이 많았어요. 세월호 참사 직후에 아기 낳고 이웃에서 자원활동하신 분이 있는데, 이웃에 아기 백일 떡도 돌리고 돌떡도 돌렸잖아요. 걔가 글쎄 초등학교에 갔어요. 그 아이 모르는 사람이 없을 정도예요. 또 연세가 제일 많은 분이 계셨어요. 칠십이 넘은 어르신이거든요. 그분은 3시간 정도 걸려서 이웃에 오세요. 한 번 오려면 아주 날을 잡고 오셔야 해요. 배낭을 메고 오셔서는 걸레를 빨아서 무릎을 꿇고 바닥을 다 닦으세요. 여기를 다니려고 수영을 배우셨어요. 체력을 키우려고요.

Q. 이제 이웃에 출근을 안 하시니 일상이 다르겠어요. 어떻게 지내고 계세요?

A. 처음에는 아침에 눈을 뜨면 나가야 할 것 같았어요. 이제 차츰 적응이 돼요. 강아지를 키우는데, 제가 아침마다 간식을 주고 출근을 했었어요. 근데 이제 출근을 안 하니까 아침마다 개가 저를 보는 거예요. 왜 간식을 안 주나, 왜 안 나가나 하고. 그래서

아침마다 걷는 운동을 시작했어요. 개 때문에. (웃음) 그리고 얼마 전에는 자원활동가 선생님 몇 분이랑 OO 엄마하고 효원 추모공원에 다녀왔어요. OO이 보러 한번 가 보고 싶었는데 그동안 못 갔거든요. OO이 말고도 제가 아는 애들이 많이 있더라고요. 가슴이 또 아프죠. 그날은 OO 엄마가 지금까지 중에서 추모공원에 제일 오래 머물렀대요. 우리랑 같이 있어서 편안히 있다가 왔다고요. 그렇게 사부작사부작 다니며 보내고 있어요.

실장님은 걸어서 출근하는 일이 많았다. 다들 그런지는 모르겠지만 독실한 천주교 신자답게 걷는 내내 기도를 하신다 했다. 아이들을 위해서, 엄마들을 위해서. 때때로 나를 위한 기도를 해 주기도 하셨다. 건강하라고. 지치지 말라고. 아주 힘이 들 때면 나도 모르게 '실장님, 기도해 주세요.'라는 말이 나오고는 했다. 그때마다 실장님은 '그러마'라고 답했고, 그 짧은 대답에도 마음이 놓였다. 꼭 기도해 주실 분이니, 그것도 간절히 기도해 주실 분이니 당연히 그러리라 생각했다.

고단했던 이웃 일로 손목에 파스를 붙이고는 했는데 이제 좀 낫다고 하셨던가. 연세도 있어서 허리도 아프고 무릎도 아프다 하셨지. 이제는 좀 쉬시라는 말을 하면서도 내심 기대가 된다. 치맛자락 붙잡고 치대는 애처럼 말이다. 오래도록 밥을 얻어먹어 그런가. 아침마다 산책을 하신다니 그때 기도 안 하시려나. 아마 하시겠지 싶고. 아이들을 위해서, 이웃이 없어 쓸쓸할까 봐 걱정되는 엄마들을 위해서 기도하시겠지 싶고. 그리고 그동안 애썼던 자원활동가들을 위해서도 좀 해주시지 싶고. 나를 위한 기도는 왠지 당연히 하시겠지 싶고. 내 기도는 좀 세게 해 주시면 싶고. 이렇게 계속 기대면 밥이나 먹고 가라 하실 것도 같고. 나 참, 갑자기 눈물이 핑 돌고.

뜨거운 밥

이름 | 김서원

나이 | 1971년생

특징 | 가난한 우리 집 걱정으로 아등바등 살며 재테크 고민이 많았다가 이제는 자유를 얻음.

별명 | 오드리 햅번, 사실은 오드리 햇반.

사는 범위 | 일산과 파주 일대

직업 | 보험설계사

사람들을 만나고 함께하는 걸 좋아합니다. 그러다 생일모임 음식을 담당할 사람들을 물색하고 연결하는 일을 했지요. 같이 머리 맞대고 밥할 궁리를 했던 게 제게는 잊을 수 없는 경험입니다. 지금도 여전히 된장 담고 김치도 만들며 살아가고 있답니다.

“애들 못 구했다간 이 나라 뒤집히겠다.”

김서원의 첫 마디는 다소 과격했다. 하지만 참 김서원스럽다.

60회의 생일모임 동안 절반 가까이 음식을 해낸 사람. 정확히 말하자면 본인이 직접 한 건 아니다. 본인은 음식 솜씨가 좋다고 자랑하지만, 들은 바에 의하면 솜씨가 가히 좋은 것 같지는 않다. 하지만 김서원은 아이들을 기억하는 생일모임 내내 음식을 보냈다. 다시 정확히 말하자면, 음식 만들 사람들을 모아 주었고, 수십 명의 사람이 한 아이를 위한 음식을 만들도록 지휘했다. 생일모임은 평균 50인분 정도의 음식이 필요하니 개인에게 부탁하기는 어려웠다. 장을 보고 재료 손질을 포함하면 준비 기간도 최소 이틀이 필요하니 만만치 않은 일이다. 그러니 보통 단체나 모임에서 음식을 담당하는 경우가 많았고 초기에는 정토회의 각 지부에서 돌아가며 맡아 주었다. 그러던 중 김서원을 알게 되었고 언제부턴가 생일모임 음식은 줄곧 김서원에게 부탁하게 되었다. 그러면 맡아 줄 모임들이 줄줄이 엮어졌다. 김서원이 엮어 준 팀들의 음식은 성남, 파주, 수원, 도봉구 등등 서울과 경기도 곳곳에서 왔다. 모임의 성격도 가지가지여서 동네 모임과 초중고 학부모 모임을 비롯하여 남성만 있던 노조에서도 생일 음식을 해 주었다. 어떤 생일모임이든 불도저 같은 추진력으로 밀어붙이는 김서원은 의외로 자주 울었고, 무거운 정치 얘기마저도 조단조단 수다처럼 하는 경쾌함이 있는 이였다. 참 묘한 부조화가 매력인 사람이 바로 김서원이다.

생일모임이 돌아올 때마다 김서원에게서는 음식 해 줄 팀들이 화수분처럼 나왔다. 생일 음식을 스무 번쯤 담당해 주었을 무렵 그다음 번 부탁을 해도 되는지 물었다. 아는 팀이 이제 바닥나지 않았냐고. '이제 그만 부탁해야 할까요?'라고. 무리하게 돕고 있는 건 아닐지, 혹은 쥐어짜며 하고 있는 건 아닐지 걱정되었기 때문이다. 거절하지 못해 계속 들어주는 거면 어쩌지.

"선생님, 정말 또 부탁해도 돼요? 힘들면 아니라고 하셔도 정말 괜찮아요."

"무슨 소리야. 생일모임 음식 하겠다는 사람들이 줄을 섰어, 줄을. 근데 이번엔 누구예요?"

김서원은 매번 이랬다.

Q. 세월호 참사 소식을 듣던 당시 어떤 마음이 드셨는지.

A. 그날도 보험 계약 하나를 사인 받는 중이었어요. 공을 많이 들인 큰 계약이었거든요. 이거 성사되면 내가 왕 되는 계약이었어요. 고객님이 막 사인하려는데 TV 화면에 세월호 배가 나오는 거예요. 처음에는 '구하겠지, 뭐.' 그랬죠. 어떻게 계약서를 쓰긴 썼는데 집중이 안 되는 거예요. 그러면서 든 생각이 '애들 못 구했다간 이 나라 뒤집히겠다.'였어요.

Q. 못 구했다는 걸 확실히 알게 된 후에는 어떠셨어요?

A. 못 구했다는 소식은 전철에서 들었어요. 그걸 듣고 아들한테 전화했죠. 만나자고. 우리 애들은 살아 있나 확인하고 싶더라고요. 아들을 만나서는 짜장면을 사 줬어요. 그러면서 속으로 말했어요. '우리 아들은 살았어'라고. 아…. 정말 가만히 못 있겠더라고요. 하지만 할 수 있는 게 뭔지는 몰랐어요. 그러다가 그해 8월쯤 세월호 유가족들이 단식한다는 뉴스를 보고 무작정 가 봤어요. 그때 처음 세월호 참사 관련한 서명이 있다는 걸 알고는 그때부터 뛰어들었죠. 생활이 확 바뀌었어요. 그때 우리 애들이 고등학교 1학년, 중학교 2학년이었거든요. 교복에 땀 냄새 풀풀 풍기고 사는 애들이었는데, 우리 애들 돌보는 게 어렵더라고요. 보험 영업조차 하기가 어려웠어요. "세상이 이렇게 위험해요. 그러니 보험 사인하세요." 이런 얘기가 안 나오더라고요. 그 일을 그만하고 싶었어요. 그래서 서명대에 서기 시작했어요. 대문을 열고 나온 거죠.

Q. 대문을 열었다고 표현하시네요. 대문 열고 나와서는 어떤 일을 하셨어요?

A. 세월호를 기억하는 일산 시민 모임, 일명 '세일모'라고 있어요. 거기서 주로 서명 받고 그랬어요. 비가 오나 눈이 오나 저녁이면 모여서 세월호 특별법 서명을 받았어요.

Q. 치유공간 이웃은 어떻게 알게 되신 거예요?

A. 꽤 오래 서명을 받았어요. 그러다 반쪽짜리지만 세월호 특별법이 제정됐잖아요. 모임 안에서 우리는 이제 무엇을 할 것인가를 상의했어요. 계속 서명하자는 의견도 있었고요. 그러다 함께하던 교회 목사님께서 '이웃'에 반찬을 해다 주면 어떻겠냐고 하시더라고요. 그 얘기 듣고는 '아, 요건 내가 잘할 수 있겠다' 생각했죠. 그래서 일단 반찬을 해서는 이웃에 갔어요.

Q. 뭘 만들어 가셨어요?

A. 녹두전하고 닭발 편육이요. 그때 제가 닭발 편육에 꽂혔던 때거든요. 닭발로 편육을 만든 거라고 보면 돼요. 그거 말고도 전도 많이 부쳤고, 멸치볶음도 한 박스는 했던 거 같아요. 고기도 좀 재서 갔고요.

생각난다, 닭발 편육. 천성적으로 비위가 약하기도 하고, 이런저런 이유로 고기는 입에도 대지 않던 최순옥 실장님의 표정도 생각난다. 맛을 보라는 권유에 편육 한 점을 입에 넣고 우물거리다가, 이게 닭발로 만든 거라는 말에 오묘해지던 실장님의 표정이 지금도 생생하다.

이웃에는 온갖 음식들이 많았다. 철마다 재료를 보내오는 분들도 많았고 직접 만든 음식을 보내오는 분들도 많았다. 귀하다는 명이나물 짠지도 이웃에서 처음 먹어 보았다. 그런데 닭발로 만든 편육은 정말 이지 처음인 데다 들어 보지도 못한 음식이었다. 그러니 그 음식을 들고 온 김서원과의 첫 만남을 잊을 수가 있나.

Q. 이웃에 딱 들어갔을 때 느낌은 어떠셨어요?

A. 마루 저쪽에 세월호 유가족들이 계셨어요. 도저히 고개를 못 돌리겠더라고요. 목에 뭐가 붙은 것처럼 고개를 못 돌리고, 계속 앞만 보고 있었어요. 근데 가자마자 앞뒤 없이 갑자기 밥상을 차려 주는 거예요. 그것도 독상을요. 개다리소반에다가 밥상을 쫙 차려서는 다짜고짜 먹으라고 줬어요. 근데 그걸 받고는 눈물이 왈칵 났어요. 저기는 유가족이 있고, 나는 밥상을 받고. 눈물이 막 나더라고요.

Q. 거리에 계시면서 소진되었을까요?
눈물이 왈칵 났다고 하니 궁금하네요.

A. 그때는 막막했잖아요. 이 서명을 받기만 하면 되는 건지, 받으면 어떻게 좀 달라질 수 있는 건지 확신이 안 서잖아요. 하지만 뭐든 해야 할 것 같으니 악착같이 서명을 받았어요. 어찌 됐건 알려야 한다는 생각에 절박했죠. 그래도 사람들이 계속 모이고, 제가 못 가도 그 자리를 다른 사람들이 채우고 해서 아주 힘들지는 않았어요. 파라솔이며 피켓이며 이런 거 챙기던 게 힘들었지만 그래도 좋았어요. 근데 왜 그렇게 눈물이 왈칵 났는지 모르겠네

요. 눈물이랑 같이 밥을 먹었던 것 같아요.

분명 이유가 있겠지. 아무 일도 없었다면, 고달픈 마음 한 조각 없었다면 눈물이 났을까. 당시에는 김서원을 비롯하여 많은 시민들이 길거리에서 서명을 받았다. 세월호 유가족과 함께 또는 따로 전국 곳곳에 세월호 특별법 서명대가 세워졌다. 줄을 서서 서명하는 사람들을 보며 기쁘기도 했겠지만 갑자기 날아드는 욕설에 모멸감을 느끼기도 했을 테다. 서명하는 숫자가 늘어가는 것에 뿌듯하지만, 그것으로 지친 마음까지 모두 채울 수는 없었을 거다. 그러니 밥상을 두고 눈물을 쏟았으려나. 그 끝없는 서명에도 꿈쩍 않는 세상 앞에 서 있는 게 서러웠으려나.

Q. 전국 곳곳에서 정말 많은 분들이 애쓰면서 서명을 받았죠. 여러 장면이 떠오릅니다. 그 와중에 받은 밥상이라 더 특별했을 것 같아요.

A. 그날 이영하 대표님이랑 같이 밥 먹으면서 얘기를 나눴어요. 여기는 야전병원 같은 곳이라고. 다치면 와서 응급처치도 받고 쉬기도 한다고. 이웃에서 주던 밥상이 그런 의미로 다가왔나 봐요. 우리 같은 사람들도 이런 밥상을 받고 또 앞으로 나아갈 수 있겠구나 생각했어요. 그 밥상을 받고 심장 박동이 뛰면서도 동시에 안도감이 들었거든요. 이웃에서 주던 밥상이 그런 의미로 다가와서 그랬겠죠.

Q. 심장 박동이 빨라지는데 동시에 안도감이 들었다니

묘한 아이러니입니다. 하지만 충분히 이해가 되네요. 그 인연이면 생일모임 음식을 몇십 번이고 할 만했겠어요.

A. 밥상 받은 그 순간 그냥 이걸 해야겠구나, 생각했어요. 바로 그날 생일모임 일정을 받아 왔어요. 얼마 뒤에 영만이 생일이었는데 아마 2015년 2월이었을 거예요. 그날 우리가 한 달에 한 번은 해 보겠다는 말씀을 드렸어요. 한 달에 한 명의 아이는 우리 일산과 파주에서 해 보겠다고요. 돌아오는 길에도 같이 갔던 사람들과 한참 그 구상을 나눴어요. 처음에는 '세일모'가 하고 그다음에는 돌아가면서 해 보자고 얘기했죠. 어떤 모임이든 규모가 있는 곳으로 하면 좋겠다고요. 학교 학부모회도 좋고, 교회도 좋고 뭐 이런 얘기들이요. 그렇게 일이 시작됐어요.

Q. 그럼, 그 팀들을 다 섭외하신 거예요?

A. 어렵지 않았어요. 말만 하면 다 이렇게 저렇게 섭외가 됐어요. 기다리는 사람들도 있었고, 생일모임 음식에 대해 먼저 연락이 오는 데도 있었어요. 또 저처럼 다른 분들을 섭외하는 분도 생겼고요. 아파트 엄마들끼리도 하고, 아니면 친구들 친목 모임에서 하기도 하고요. 음식을 한 번 맡았던 분들이 주변에 얘기해서 모임들이 줄줄이 소개되고 이어지고 그랬죠. 한 번 하고 나서 또 하고 싶다는 곳도 많았는데 한 번 하면 안 된다고 했죠. 하고 싶다는 사람들한테 골고루 기회를 줘야 하니까요.

이 모임이 저 모임을 소개하고, 또 저 모임이 또 다른 모임을 소개한다니. 어느 수준에 이르면 저절로 굴러간다는 다단계가 따로 없다.

세월호 참사로 슬퍼하는 유가족에게 손가락질을 해대며 욕을 하던 사람들, 아이를 잃고 단식하는 부모 앞에서 짜장면을 먹던 인간들도 있었지만, 또 한쪽의 세상에는 이런 선한 다단계가 작동하고 있었다. 생일모임을 할 때면 '고맙다'는 말을 몇백 번씩 듣고는 한다. 이 '고맙다'는 말은 되려 그 말을 들어야 할 이들이 하고는 하는데 그 모습이 참 진풍경이다. "OO 생일에 꽃을 선물하게 해 줘서 고마워요." "OO 생일에 떡을 해 올 수 있게 해 줘서 고마워요." "OO 생일에 참석하게 해 줘서 고마워요."

Q. 음식 담당할 팀을 섭외하면 그다음은 어떤 과정을 거쳐서 음식을 가져가게 되는 거예요?

A. 만약 2월에 생일이라면 1월 한 달 동안 카톡방을 만들어요. 팀마다 숫자는 다르지만 10명 정도는 항상 있었던 것 같아요. 카톡방에서 음식 준비에 대해 얘기하는 거죠. 생일모임 주인공에 대한 정보를 이웃에서 주거든요. 아이의 사진이며 좋아했던 것들, 살아온 이야기들에 대해서요. 거기서 메뉴도 얘기하고 일정도 공유하고 그러죠. 그렇게 하다 보니 생일모임 진행에서 파생된 SNS 밴드가 만들어졌어요. '함께하는 이웃'이라고요.

Q. '치유공간 이웃'에서 연결돼서 '함께하는 이웃'으로 이어지네요.

A. "이번에는 여성민우회 일산에서 합니다." 그러면 그분들의 카톡방이 만들어지고 밴드에도 초대돼요. 그럼 전에 참여했던 사람들의 정보도 알게 되고 그러죠. 거기서 음식을 나누려는 사람

들도 생기고, 이렇게 저렇게 연락이 닿아서는 해외에 있는 분들이 음식 만드는 데 보태라고 돈을 보내 주기도 하고요. 그렇게 십시일반 하다 보니 되더라고요.

Q. 일이 착착 진행되는 게 어째 할리우드 영화 전개 방식인데요?

A. 그러게요. 처음에는 우리 통장에 2만 원쯤 있었어요. 돈 없어서 어떡하지? 에이 카드 긁어. 이러면서 시작했어요. 하다 보면 사람들이 후원금을 보내는데 생일모임 한 번 하고 나면 두 번을 더 할 수 있는 돈이 남는 거예요. 사람들이 조금씩 보내기도 하고, 누군가 뭉칫돈을 보내기도 하고요. 한번은 "한 해 동안 모은 돈인데 이거 써." 그러면서 돈을 보낸 사람도 있고요. 음식 할 사람을 섭외하는 것도 전혀 어렵지 않았지만, 금전적인 문제도 없었어요. 돈 걱정이 안 드니 아이들을 위해서 최대한 좋은 걸로 하자고, 제일 예쁘게 하자고 했죠.

Q. 너무 잘됐다고 하니, 이번에는 실수담이나 뭐 이런 거 없을까요?

A. 처음 생일모임 할 때 50인분을 준비해 달라고 하더라고요. 50인분이 얼마만큼인지 몰랐던 거죠. 하여튼 만들어서 갔는데 음식 양을 보더니 "이건 200인분이 넘겠는데요." 하는 거예요. 대여섯 가지 종류의 뷔페 음식을 만들어서 가는데 각각 50인분은 되게 음식을 했던 거예요. 그러니 양이 어마어마하죠. 그래서 남은 음식들을 싸 주고 난리도 아니었어요. 몇 번 하다 보니 음식 양이

딱딱 맞았죠. 김밥은 몇 줄, 샐러드는 이만큼 뭐 딱 이렇게.

Q. 교회부터 학부모 모임, 친목 모임까지 참 다양한 팀들이 많았는데 그 중 노조원들은 어떻게 섭외가 된 건지요? 게다가 모두 남자들이었다고.

A. 한참 생일모임 같이할 그즈음에 〈다이빙벨〉이라는 영화를 봤어요. 영화 마지막 인터뷰 부분에 강승묵 아버지가 나오거든요. 그 부분이 묵직하게 다가왔어요. 근데 마침 승묵이 생일을 하게 된 거예요. 문득 승묵이 생일은 아빠들이 하면 좋겠다는 생각이 들었어요. 꼭 그랬으면 좋겠더라고요. 그래서 지하철 승무원 노동조합 지축 승무지회에서 하게 됐죠. 아빠들이, 그러니까 기관사님들이 메뉴도 정해 오고 음식 솜씨도 발휘했고요. "우리 너무 잘하지 않아요?" 이러기도 하고. 근데 그분들이 시키지도 않았는데 갑자기 노래 연습을 했다는 거예요. 음식 준비하다 말고 피아노 치고 막 노래를 하는 거지. 당일 날 노래를 하지는 못했지만 그 기억은 참 생생해요.

Q. 꼭 대기하고 있었던 듯이 적재적소에 사람들이 나오네요. 바닥에 깔린 바람들이 불쑥불쑥 어떤 역할로 나타나는 것 같은 느낌이에요.

A. 음식을 만들어서 이웃에 가잖아요. 그러면 그 아이 생일모임까지 참여하고 오게 돼요. 이미 한 달 동안 그 아이가 좋아하는 음식이 뭔지, 취미가 뭔지, 버릇이 뭔지 얘기했던 터라 생일날에는 이미 아는 애인 거예요. 모르는 아이가 아니라 아는 아이 생일

에 가는 거죠. 갔다 오면 아들 하나, 딸 하나가 더 있는 느낌으로 와요. 그 마음이 내내 남아서 생일모임 마치고 돌아오면 그걸로 끝이 아니고 자기가 있는 자리에서 뭔가를 하게 되는 거예요. 『금요일엔 돌아오렴』을 읽기도 하고, 아이들하고 리본 만들어서 나누기도 하고, 서명대를 만나면 당연히 서명하게 되고요. 온갖 청원이니 뭐니 이런 걸 그냥 지나치지 못하는 거죠. 지금의 시민들 중엔 그런 분들이 많을 거라 생각해요. 어쨌든 이웃 생일모임까지 참여하고 온 분들은 그냥 살고 있지 않은 것 같아요.

본래 있던 마음이 선한 곳으로 흐르고, 그렇게 흘러간 마음이 또 다른 선한 마음을 만드나 보다.

Q. 그런 마음들이 모이고 또 다른 곳에 스며드는 날들이었네요. 누군가를 고르라는 질문 같아서 다들 곤란해하시는데 그래도 물어볼게요. 그중 기억에 남는 생일모임은 뭘까요?

A. 다 너무너무 특별하죠. 각자 아이들마다 그래요. 아, 어느 아이였더라. 승환이였나, 그 애가 초콜릿을 좋아했대요. 자기가 만들어서 선물하는 걸 많이 했다고. 그때 같이했던 팀 중에 청소년 아이들이 재료를 갖고 와서는 만들겠다고 하더라고요. 아주 그냥 엉망진창으로 만들면서 했어요. 같은 또래 아이들끼리의 일이라 기억이 많이 나요. 그리고 수정이, 김수정이요. 카메라 들고 막 계단 뛰어서 오르락내리락하고 피자를 확 순식간에 먹어 버리는 아이에요. 모든 아이들이 다 너무 특별하지만, 그 중에서 수정

이가 참 아까웠어요. 이 아이가 어떤 여성으로 성장할까 그려 보게 되고요. 여성운동을 했을 거 같았거든요. 근데 그 수정이 생일 모임 음식을 여성민우회가 맡았어요. 그것도 참 인연이죠.

Q. 별이 된 아이들에게, 또 그 별을 기억하려는 사람들에게 계속 밥을 해 주셨네요. 세월호 참사를 통해 '밥'을 다시 보게 되었어요. 누군가에게 따뜻한 무언가를 먹인다는 건 어떤 의미가 있는 걸까요?

A. 2015년쯤 세월호 유가족들이 서울에서 집회한 일이 있었어요. 행진하는데 경찰들이 막았어요. 몸싸움이 벌어지고 유가족 아빠들이 연행되고 그랬어요. 세월호 유가족들은 종일 경찰들한테 맞고 넘어지고요. 병원에 실려 간 엄마도 있었어요. 집회가 끝나고 저녁이 됐는데 주변에 문 열린 식당이 없는 거예요. 급하게 김밥으로 요기하는데 안 되겠더라고요. 그래서 내가 음식을 해야겠다 싶었어요. 근데 집에 와도 밤이 늦으니 장을 볼 수도 없고 냉장고도 비었더라고요. 동네 사람들한테 전화해서는 "있는 것 좀 갖고 와 봐." 그래서 밤새도록 만들었어요. 닭죽을 끓이고, 쑥이 있기에 개떡을 하고 급하게 열무김치를 담갔어요. 아는 사람 중에 운전자를 섭외해서 새벽 5시에 갔죠. 자그마한 경차에 음식을 바리바리 싸 들고요. 비가 오는 날이었어요. 이것저것 펴 놓고 사람들한테 막 퍼 줬죠. 닭죽을 푸면서 "다 먹어야 해요." 그랬더니 어떤 무뚝뚝한 아버지가 와서는 "한 그릇 더 줘요." 그러는 거예요. 그거 먹고 있는 등짝이 왜 그렇게 서글프던지…. 그리고 어떤 엄마가 쑥개떡이 따뜻하다면서 우는 거예요. 그거를 먹으면서 우는

거야. 나는 되게 조그만 일을 하는 거잖아요. 내 부엌, 내 냉장고에 있는 걸로 무언가 끓이고 만드는 것뿐이잖아요. 만드는 건 작은 일이지만 먹는다는 건 특별한 일인 거 같아요. 먹는다는 건 되게 신기한 일이죠. 집회에 밥해 준다고 하면 재료 가져오는 사람, 새벽에 차 가지고 실으러 오는 사람, 배식해 주는 사람, 뒷정리하는 사람, 음료수 사 와서 돌리는 사람들이 그냥 막 오거든요. 그런 게 다 기도 같은 거예요. 세월호 참사에 마음 아파하고 해결되었으면 하는 마음들이 모여서 밥이 되는 거죠. 제가 특별한 신앙은 못 되지만 음식을 해서 먹이는 그 자리만큼은 종교로 봐도 된다고 생각해요. 그냥 여기가 교회고, 예배고, 기도예요. 천국이기도 하고요.

만드는 건 작은 일이고, 먹는다는 건 특별한 일이라는 김서원의 말은 틀렸다. 만드는 것도, 먹는 것도 특별한 일임에 틀림없다. 한밤중에 전화를 받고 닭을 가져오는 사람, 찹쌀을 가져오는 사람, 밤새도록 닭죽을 끓이는 사람, 새벽부터 차를 대령한 사람들의 음식이 어찌 특별하지 않을 수 있나. 그렇게 만들어진 음식을 먹는다는 건 또 얼마나 특별한가.

어느 시인이 그랬다지. 작은 사과 한 알에 뜨거운 태양과 시원한 비와 서늘한 바람이 들었노라고. 그 시인이 이 음식을 맛보았다면 무어라 말했을까. 닭죽 한 그릇에, 쑥개떡 한 조각에 그치지 않는 눈물과 애절한 위로와 굳건한 연대가 들었노라고 말했을까. 아니, 시인의 말로는 다 담을 수 없는 뜨거운 마음이 들었노라 그렇게 말했을까.

Q. 늘 밥과 함께하셨던 셈이네요.
지금은 어떤 밥을 짓고 계신가요?

A. 이웃 생일모임이랑 광화문 밥하는 거 이후에는 김장김치도 같이 해서 보내고 된장도 만들고 그랬어요. 동네 사람들 다 모아서 교회 식당에서 몇백 포기 김장해서 세월호 가족들한테 조금씩 보내고, 동네 애들 모아서 같이 된장도 만들고 그랬죠. 4·16 이름으로 계속할 수 있는 게 뭘까 고민하다가 '4·16파주시민합창단'을 창단했어요. 지금 단원이 열다섯 명이고 완전 초보 합창단이에요. 그래도 여기저기 공연도 하고 그래요.

Q. 반찬으로 시작해서 몇십 번의 생일모임 음식,
그리고 서울 집회 새벽밥 만들기, 또 김장에 된장까지
계속 이어졌네요. 선생님이 하신 그 음식이 사람들과
연결되고, 삶터와 연결되는구나 싶습니다.
그런 인연이 시작됐던 이웃이 문을 닫았는데, 어떠세요?

A. 정권이 바뀌고 기대한 게 많았지만 안타깝게도 많이 이루지 못했잖아요. 기억하겠다는 약속을 잘 지키고 있나 모르겠어요. 하지만 이웃을 통해 만난 치유자들은 다른 이에게 퍼트릴 에너지를 분명히 갖고 있을 것 같아요. 그 파급이 곳곳에 퍼질 거라고 봐요. 다시 힘이 곧 개봉박두할 거라 봐요. 각자 있는 곳에서 폭발할 그 힘을 위해 기도할게요.

Q. 각자의 자리에서 다시 시작하자는 말씀이
인상적입니다. 곳곳에서 새로운 시작이 열리겠네요. 그럼,

마지막으로 이웃에서 보낸 시간을 한 문장으로 표현해 주실 수 있을까요?

A. 이웃은 뜨거운 밥이에요, 뜨거운 밥.

Q. 이웃에서 만난 치유자들, 그러니까 이웃들에게 해 주고 싶은 말씀 있으세요?

A. 어떤 말씀을 드려야 될까요. 다시 시작하자고 얘기하고 싶네요. 그러자면 밥부터 먹어야죠.

Q. 열 명 모이는데 또 50인분 이렇게 해 가지고?

A. 하여튼 한번 모여서 밥부터 먹어야죠.

뜨거운 밥이라니. 이웃의 밥상을 이만큼이나 정확히 표현한 말이 있을까. 수북한 생일 음식에 사람들의 마음까지 담아 보내 주었던 김서원의 밥은 그 중에서도 제일 뜨거운 밥이었다. 시간이 지나도 식지 않는 밥, 여적 설설 끓고 있는 밥이다. 그 밥을 먹은 이들의 배 속에서도 계속 끓고 있는 그런 밥이다.

이야기로 만나다

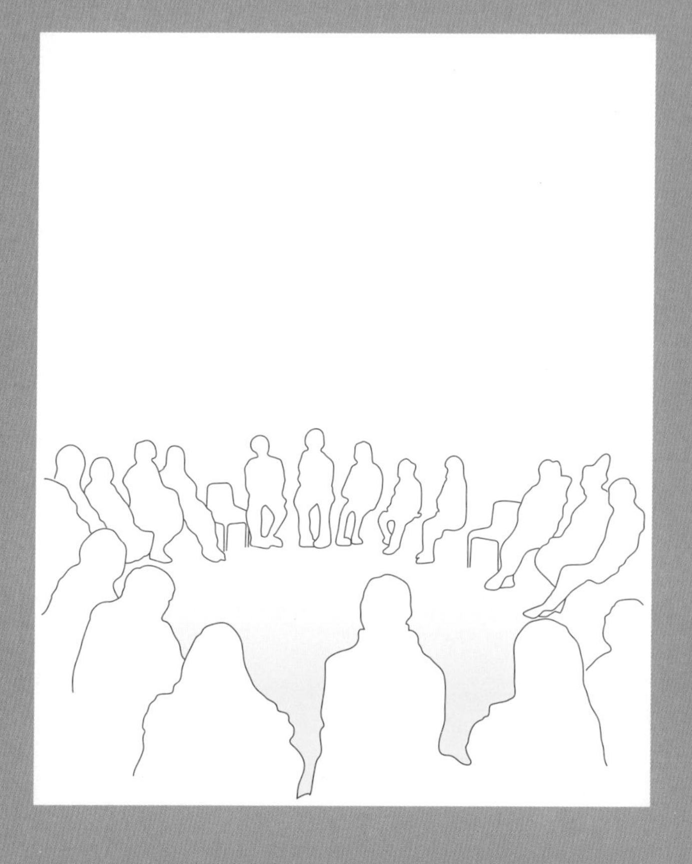

나는 울 자격이 없잖아요

"엄마, 오늘 뭐 했어?"

당시 어렸던 딸아이가 퇴근한 나에게 물어보곤 했다. 그러면 나는 "밥 먹고 얘기했어."라거나 "밥 먹고 뜨개질하고 얘기했어." 라고 답하였다. 내 대답은 대체로 같았다. 아이는 똑같은 대답에 심드렁했지만 거의 매일 되풀이되는 이웃의 일상이라 달리 해 줄 말이 없었다. 밥과 뜨개질, 그리고 이야기는 평범한 이웃 일상의 세 꼭짓점 같았다. 점심이 되면 밥상에 둘러앉아 밥을 먹으며 이야기했고, 그러다 뜨개 모임 날이면 둘러앉아 뜨개를 하며 이야기했다. 이야기 나누는 사람이 두 명이거나 세 명이거나 또는 그보다 많거나 하는 변화가 있었지만 울다 웃으며 얘기하는 모습은 대개가 다 비슷했다.

이렇게 이웃에서는 이야기가 끊이지 않았다. 하지만 이야기를 하려고 굳이 작정하거나 마음먹을 필요는 없었다. 마루 어디든 엉덩이를 붙이고 마주 앉기만 하면 된다. 아이 이름이 뭐냐거나, 아이 얼굴이 궁금하다는 질문 하나면 이웃 마루는 어느새 어느 집 안방부터 단원고등학교 운동장을 넘나드는 또 다른 세계가 되었다. 아이가 태어난 순간, 첫걸음을 뗀 모습, 입학식 날 짜장면을 먹던 일, 그리고 수학여행에서의 마지막 통화까지 한 아이의 삶이 영화처럼 흘러갔다. 그렇게 서너 시간 함께 이야기 안에 있다 보면 듣는 이의 가슴에는 한 아이가 또렷이 들어오고, 말하는 이의 가슴에는 온기가 감돌았다. 사람마다 조금씩 다르지만 이야기를 하고 나면 가슴 안에 묘한 힘이 생기는 것 같았다. 아마도 이 때문에 이웃에서는 오래도록 수많은 이들의 이야기가 끊이지 않았던 것 같다.

하지만 이러한 이야기에는 보이지 않는 여러 규칙과 질서가 필요했다. 세월호 참사는 전대미문의 참사라 너무 많은 희생자가 있었고 이에 따른 피해자군도 여러 갈래로 나뉘어 있었다. 피해자는 실종자 가족, 희생 학생의 부모, 희생 학생의 형제자매, 생존 학생, 생존 학생의 부모, 수학여행을 가지 못한 학생, 희생 교사의 동료, 그리고 당시 단원고의 1, 3학년 학생들, 그리고 그들의 부모, 희생 학생의 중학교 동창, 교회 친구, 동네 친구, 학원 친구, 이웃 등으로 이어진다. 꼬리를 물고 이어지는 피해자군이 이렇듯 어마어마하다. '피해자'라는 큰 테두리에 같이 담기에는 그들의 처지와 조건이 달랐고, 각각 다른 색깔의 상실감과 슬픔을 가지고 있었다. 예를 들면, 수학여행을 가지 않은 학생들은 죽음의 현장에 함께 있지 않았다는 이유로 자기 상처를 꺼내지도 못하고 텅 비어 버린 교실에서 홀로 고통을 감당하지만 나도 피해자라며 마음껏 울 수가 없다. 생존 학생 부모들은 아이의 생사를 알 수 없는 상태에서 진도로 가는 지옥 같던 버스 안을 복기하며 잠들지 못하는 고통 속에 있지만 유가족들을 생각하면 그러한 고통을 도저히 말할 수 없다. 희생 학생 부모는 시신을 수습한 순서에 따라 뒷번호 부모들에게 죄의식을 느끼고, 실종자 부모에게는 말할 수 없는 죄의식을 가지고 있다. 이렇듯 피해자들의 슬픔과 고통, 죄의식이 일련의 위계와 서열을 짓듯이 연결되어 있었다. (참고 문헌 「세월호 참사 이후 안산 지역 공동체 회복에 대한 활동 성찰」(이영하, 임남희 외))

각각 저마다의 특수한 고통 속에 놓여 있던 것이다. 게다가 안산 지역에는 세월호 참사로 열 명 이상의 친구를 잃은 아이들, 그리고 그 아이들의 부모, 어릴 적부터 희생자 아이가 커 가는 것을 지켜본 이웃들이 있었다. 세월호 참사로 친구를 잃어 십여 군데의 장례식장을 다니는 딸과 아들을 지켜보는 불안함, 아이를 잃고 비통해하는 이웃을 대면해야 하는 슬픔, 그러나 어김없이 일상을 살아가야 하는 지역 주민들의 혼란한 마음이 때로는 직접 피해자에 대한 억측과 비난으로 이어지는 경우도 비일비재했다. 고통이 꼬리를 물고 이어지기도 했지만 슬픔 속에 분노와 미움이 엉켜 있기도 했다.

그러니 이야기에는 무엇보다도 세심한 배려가 중요했다. 그렇지 않고는 본의 아닌 상처와 혼란을 가져올 수도 있었기 때문이다. 각자가 품은 고통의 빛깔과 그리움의 순간이 달랐고 자리한 곳에 따라 슬픔을 드러내는 과정과 속도에도 커다란 차이가 있었다. 한 예로, 참사로 아이를 잃은 부모들과 달리 형제자매들은 눈물을 보이기까지 긴 시간이 걸렸다. 참사 후 줄곧 '이제는 네가 장남(장녀)이다' '부모님을 잘 보살펴 드려라'라는 말을 들었던 형제자매들은 엄마를 챙기고 아빠를 도와야 했기 때문이다. 내가 울면 가족들이 무너질까 봐 온 힘을 다해 울음을 참았다. 또 이들에게는 얼마나 슬픈지 물어봐 주는 사람이 없었다. 슬퍼도 되는지, 울어도 되는지 알 수 없다는 생각마저 들기도 했다. 시간이 오래 흘러 더는 참을 수 없게 되었을 때에야 이들은 울기 시작했다.

형제자매들조차 이러한 형편이니 친구를 잃은 아이들은 더욱 울 수 없었다. 이들은 사람들의 뇌리에 아예 피해자로 존재하지조차 않는 것 같았다. 이 아이들을 알게 된 후 이제는 울어도 된다고 말해 주었을 때에도 아이들은 쉽사리 눈물을 꺼내지 못했다. 왜냐고 물으면 이런 답이 돌아왔다. "우리는 울 자격이 없잖아요. 가족도 아니고, 우린 아무것도 아닌 걸요." 상상조차 안 되는 큰 슬픔을 안은 사람들이 바로 눈앞에 있으니 나의 슬픔이 부끄럽기도 하고 하찮게 느껴지기도 한 것이다. 놀랍게도 이런 이들이 너무 많았다.

어떤 상처도 작지 않았고 어느 누구의 상처도 허투루 볼 수 없었다. 그리고 그것들은 모두 이어진 하나의 상처이기도 했다. 모두가 말하되 하나로 뭉개지지 않도록, 또 각자가 말하되 서로 이어질 수 있도록 도와야 했다. 그러다 보니 자연스레 여러 형태의 이야기 자리가 만들어졌다. 생일모임, 마이데이, 살아있는책읽기, 이야기밥상, 속마음토크, 친구모임 등 열거하기에 너무 많은 여러 이름의 이야기 자리가 있었다. 때에 따라 서로 다른 피해자군이 겹치지 않게 하기도 하고, 비슷한 처지의 사람들이 모여 이야기하기도 했다. 또는 한 사람의 내밀한 이야기를 적은 수의 사람들이 나누기도 하고 최대한 많은 이들과 이야기할 때도 있었다. 이를테면 형제자매들만, 또는 친구들만 모여 이야기하거나 한 명의 엄마와 여러 자원활동가들이 눈을 맞추며 말하기도 했다. 세월호 참사 피해자 곁에서 일해 왔던 활동가가 유가족들 앞에서 이야기할 때도 있었고, 모든 피해자군이 한데 모여 이야기를 나누기도 하였다. 어떤 형태이든 한 사람 한 사람의 이야기가 소중히 다루어지는 것이 중요했다. 세심하게 살펴진 자리일수록 이야기는 생생했기 때문이다.

그리고 무엇보다도 이야기가 소중히 다루어지려면 듣는 이의 자세가 중요했다. 듣는 이 없이 말하는 이가 존재할 수 없듯, 잘 듣는 이 없이 잘 말하는 이도 있을 수 없다. 하지만 이웃에서는 잘 듣는 것에 관해 크게 마음 써 본 일이 거의 없다. 특별히 잘 들어 달라거나, 집중하라는 요청을 해 본 기억이 떠오르지 않는다. 이야기 자리마다 늘 간절히 듣는 이들이 있었고 그 간절함이 이야기의 빈구석을 틈 없이 메워 주고는 했다. 전하고 싶은 마음이 있는 사람과 그 마음을 받고자 하는 사람이 만나는 것으로 이야기 준비는 이미 다 된 셈이었다. 이웃의 자원활동가들은 그런 점에서 너무나 귀한 역할을 해 주었다. 그들은 화선지에 먹이 번지듯 흡수하며 이야기를 듣는 것 같았다. 이 마음과 저 마음의 구분이 없는 듯이 말이다.

손에 잡히지 않는 순간들이지만 그 이야기들이 자국으로 남아 있을 것만 같다. 말하는 이의 마음만이 아니라 듣는 이의 마음 안에도 말이다. 그것이 위로거나 위안일 수도 있을 테고, 연대의 마음일 때도 있을 것 같다. 해마다 봄이 오면 작은 노란 리본이거나, 서명란에 이름 석 자를 적어 넣는 정성으로 피어날 수도 있을 테고 말이다. 또 그러다 수많은 촛불로 광장에서 만나질 날이 있을지도 모르겠다. 그렇게 이야기가 계속되고 있을 것만 같다.

아무도 안 와도 돼

이름 | 박혜지

나이 | OO살

직업 | 소설 쓰는 작가

취미 | 가장 좋아하는 것은 '안 움직이기'

별명 | 소심하고 걱정이 많아 얻은 별명이 '새가슴'. 주로는 박 작가로 불리며, 이름보다 그렇게 불리는 것을 더 좋아함.

사는 곳 | 서울 동작구 흑석동

소설 쓰는 박혜지는 세월호 참사 직후 안산에 달려왔습니다. 이웃에 머물며 많은 이들의 이야기를 들었지요. 별이 된 아이들의 엄마와 아빠, 형제와 자매, 선생님과 친구들을 만나는 일은 수많은 우주를 만나는 것과 같았습니다. 치유공간 이웃에서의 이런 경험을 언젠가는 꼭 소설로 쓰겠다고 날마다 다짐합니다.

"저는 눈물이 없어요. 눈물이 진짜 안 나요."

박 작가가 자주 하던 말이다. 박 작가는 부러움 가득한 눈으로 울고 있는 자원활동가를 보고는 했다. 어떤 때는 한숨을 쉬기도 했고, 또 어떤 때는 속이 타들어 가는 듯한 표정을 짓기도 했다. 그럴 만큼 정말 박 작가는 울지 않았다. 그것도 우는 사람 찾기보다 안 우는 사람 찾기가 더 어려운 이웃에서 말이다. 눈물이 없는 게 걱정이라 하니, 찔러도 피 한 방울 안 나올 차갑고 이성적인 사람을 떠올리려나. 날렵한 턱선과 날카로운 눈빛으로 안경을 치켜 올리며 글을 쓰는 그런 작가 말이다.

푸훗, 웃음이 터진다. 정겨운 박 작가 표정이 떠올라서다. 또 날렵함과 푸근함이라는 상반된 것들이 묘하게 어울리는 박 작가의 풍모가 떠올라서다. 도대체 글로써 이 사람을 어찌 설명하면 좋을까. 눈물을 흘리지 않았지만 수많은 눈물을 받아냈던 이 사람, 소심하다고 자책하면서 성큼성큼 걷던 이 사람을 뭐라 설명하면 좋을까 말이다. 다만, 천천히 걸어가듯 인터뷰를 읽다 보면 박 작가의 모습이 서서히 또렷이 그려지리라 기대해 볼 뿐이다.

Q. 2014년 4월 16일, 세월호 침몰 소식을 어디서 어떻게 들으셨는지요.

A. 그날은 시아버님 제사였어요. 음력으로 하는데 그해 4월 16일이 아버님 제삿날이었죠. 2014년 4월 16일이요. 보통 때는 저랑 남편만 가는데 마침 그날은 시누이가 와서 같이 제사 음식 준비를 하게 됐어요. 한참 꼬치를 만들고 있는데 뉴스가 나오는 거예요. 배가 침몰하고 있다고. 그때는 배가 약간만 기울어졌을 때였어요. 그래서 "조금 기울어졌으니까 세우면 되지." 했어요. 조선강국에서 배가 조금 기울어진 것쯤은 별거 아니라고 생각했거든요. 근데 시누이는 "아니야. 배가 저렇게 넘어가면 다시 못 세워." 이러면서 걱정하는 거예요. 그 말 듣고 제 맘은 반반이었어요. 걱

정 반 희망 반. 그래도 희망이 더 컸죠. 그러던 중에 전원 구조 뉴스가 나왔어요. 그럼 그렇지, 하고 안심했죠. 그런데 또 조금 지나니까 전원 구조가 오보였다는 거예요. 그때부터 시누이랑 남편, 시어머니랑 계속 텔레비전 보면서 어떡해, 어떡해, 이러고 있었죠. 제사 준비도 해야 하는데 내내 텔레비전 앞에서 그러고 있었어요.

Q. 별일 없을 거라 안심했다 하셨는데, 그때 선생님 마음을 자세히 듣고 싶네요.

A. 저는 정말 별일 없을 거라 생각했어요. 우리나라가 조선 1위잖아요. 조선 1위인 나라에서 배가 저렇게 침몰한다는 것은 있을 수 없는 일이라 생각했죠. 설사 침몰한다 해도 뭐 해경도 있고, 구조는 얼마든지 할 수 있다고 생각했어요. 그리고 배가 잠긴 게 아니라 약간 기울어진 거잖아요. 배가 서서히 기울어지지 한 번에 확 기우는 게 아니니까요. 그동안 충분히 다 구할 수 있을 거라고 믿어 의심치 않았죠.

우리나라가 조선 강국이라는 생각까지는 못 해 봤다. 듣고 보니 그렇네. 우리나라가 배 만들기로는 1위지. 얼마나 잘 만드는지 몇 년 치 수출할 배를 미리 주문받는다고 들었다. 이런 조선 강국에서 그 큰 배가 침몰했다. 이게 말이 되나. 박 작가 이야기를 들으니 더 기가 막힐 일이다.

Q. 그 배가 결국은 가라앉았잖아요. 그걸 알고 난 후에는 어떠셨어요?

A. 사실 그때는 생각을 안 하려고 했어요. 일부러 뉴스도 안 봤고요. 당시 저는 오랜 도전 끝에 막 등단을 했던 때였거든요. 그래서 본격적으로 글을 쓰려고 준비하고 있었어요. 이제야말로 내가 쓰고 싶은 글을 맘껏 써서 대작을 남겨 보겠다는 포부로 가득 차 있었죠. 그래서 그날 이후엔 뉴스를 안 봤어요. 이렇게 심각해지리라고는 생각조차 하지 못했죠. 아무것도 모른 채 집에 틀어박혀서 계속 글만 쓰고 있었어요. 그런데 며칠 지나서 한국작가회의에서 무슨 행사를 한다고 부르더라고요. 나갔더니 사람들이 계속 세월호 얘기만 하는 거예요. 그래서 아니, 세월호가 어떻게 됐기에 이렇게 온 사방에서 세월호 얘기만 하나 그랬죠. 근데 얘기를 들어 보니까 정말 심각하더라고요. 구조된 인원이 0명이라니. 일이 그렇게 전개되리라곤 생각도 못 했어요. 그때부터는 관심을 안 가질 수가 없었어요.

Q. 얼마나 지난 뒤였어요?

A. 5일쯤 지났을 때였어요. 죄송한 말이지만, 저는 정말 거의 다 구조됐을 거라고 믿고 있었어요. 그런데 그게 아니었던 거예요. 뭐랄까, 이 감정을 어떻게 표현해야 할지 모르겠어요. 정부가 이것밖에 안 돼? 정말 우리나라가, 대한민국이 이것밖에 안 돼? 이런 생각을 계속했던 거 같아요.

내 마음도 이랬던 거 같다. 당시 나는 정부에 별반 기대가 없었다.

하지만 내가 기대를 하든 말든 상관없이 당연히 진행될 것들이 있다 생각했다. 사고가 났으니 최선을 다해 사람들을 구조하리라는 그런 믿음 말이다. 아니, 믿음이라는 말조차 머릿속에 없을 만큼 공기처럼 당연한 그런 것이었다. 그러나 속수무책으로 배가 기울었고 사람들이 목숨을 잃었다. 그때의 첫 느낌은 슬픔도 아니었고 공포도 아니었다. 그건 당혹스러움이었다. 나도 모르게 '이게 무슨 일이지?' '이게 뭐지?' 하는 말이 절로 나오던 그 순간이 지금도 또렷하다.

Q. 그럼, 이웃에는 어떻게 오게 되신 거였어요?

A. 한국작가회의에서 안산에 작가를 파견하자는 얘기가 있었어요. 참사 현장을 기록으로 남기는 건 작가의 책무이기도 하니까요. 그때가 4월 말인가 5월인가 그랬던 거 같아요. 이미 팀이 꾸려졌다고 해서 저는 생각도 안 하고 있었어요. 그런데 그 중 한 분의 건강이 안 좋아져서 그 팀을 해체하고 새로운 팀을 꾸린다고 하더라고요. 그때 그 소식을 듣고 "내가 가고 싶다." 했죠. 좀 거창하게 들릴까 봐 그렇긴 한데, 그냥 제가 해야 할 일이라고 생각했어요. 아무것도 모른 채 지내 왔던 5일간에 대한 죄책감이 있었거든요. 그래서 작가 누구라도 가야 하는 거라면 내가 가면 좋겠다고 했죠.

모른 채 지내 온 5일에 대한 죄책감이 박 작가가 안산에 오게 된 큰 이유다. 5년간 모른 채 살아도 죄책감 없을 이들이 있을 텐데 5일의 죄책감이라니. 죄책감은 왜 이다지도 착한 이들의 마음을 파고드는 걸까. 잘못을 저지르거나 책임을 다하지 못해 느끼는 것이 죄책감인데, 왜 죄책감은 정작 책임져야 하는 이들에게는 비껴가는 걸까.

Q. 자원활동가들 대부분이 이웃이 만들어진 후에 오셨는데 작가님은 그 전에 오셨겠네요. 그때 본 이웃은 어떤 상황이었나요?

A. 그땐 이웃이 준비 중이었어요. 이웃이라는 공동체를 만들려 하는데, 거창한 일을 하는 건 아니고 쌍용차 문제로 만들어졌던 '와락'처럼 같이 밥도 먹고 쉬기도 하고 이야기도 나누고 뭐 그런 곳이라고 하더라고요. 밥을 할 수 있으면 밥을 하고, 청소를 할 수 있으면 청소를 하고, 이런 식으로 각자 할 수 있는 걸 하면 된다는 얘기를 들었죠. '근데 나는 청소도 음식도 못하는데 어쩌지? 그래도 가면 잔심부름이라도 할 수 있겠지.' 하고 무작정 갔어요.

Q. 이웃은 밥하고 청소하는 게 기본인데 그런 걸 못하신다니 난감했겠어요. 잘하는 거 없는 분이 가서 어떤 일부터 하셨어요? (웃음)

A. 이웃에 가서 제일 처음 한 일이 소책자를 만드는 거였어요. 이웃이 문을 연 직후였어요. 당시 안산에 있는 단체들이나 주민들이 정혜신 선생님께 강연 요청을 많이 했거든요. 세월호 참사 유가족을 어떻게 도와줘야 하는지, 어떻게 대해야 하는지 알고 싶다는 내용이 많았어요. 그래서 주민들이 주로 하는 질문들을 모아서 이에 대한 답을 드리는 책을 만들게 됐죠. 그때는 이웃이 어떤 곳인지도 잘 모르던 때였는데, 저에게 일이 주어진 거잖아요. 무조건 잘해야 한다는 생각밖에 안 나더라고요. 어떻게든

이 책자로 설명을 잘해야겠다는 생각만 했던 것 같아요.

손바닥만 한 노란색 수첩이 떠오른다. 지역 주민들이 주로 물어보았던 것들을 추려서 이에 답을 주는 형식의 책이었다. 질문은 대개 이랬다. 희생된 아이 얘기를 꺼내도 되는지? OO 엄마라고 불러 왔는데 그 아이가 없으니 이제 동생 이름을 붙여 △△ 엄마라고 해도 되는지? 길에서 마주친 유가족이 날 모르는 체하고 가 버리던데 왜 그런 건지? 같은 것들이었다. 소소한 듯 보이는 질문들은 슬픔 앞에 구체적이고 실질적이었다. 적합한 위로를 전하고자 하는 마음이 담긴 질문이어서 절박하기까지 했다. 아주 작은 책이었지만 채워야 할 것들이 만만치 않았다. 사무실 구석 컴퓨터 앞에 앉아 책 작업을 하던 박 작가의 옆모습이 떠오른다. 그리고 첫 번째 과제를 맡아 적잖이 묵직했던 박 작가의 마음도 같이.

Q. 이웃을 떠올리면 사실 유가족만 떠올랐는데 가장 처음 맡은 일이 지역 주민들을 위한 책자였다는 게 인상적입니다. 이후에는 더 많은 일에 관여하셨겠네요. 가장 많은 활동을 하셨던 생일모임은 어떻게 만들어지게 되었는지요?

A. 바다에서 꽤 늦게 나온 친구가 있었어요. 바다에서 올라온지 얼마 안 돼서 곧 생일을 맞게 되었는데, 가족들이 너무 힘들어해서 어떻게 도울까 하는 얘기를 많이 하던 중이었어요. 그때 생일모임에 대한 구상이 나왔죠. 처음에는 이게 무슨 말도 안 되는 소리인가 했어요. 반대했죠. 아이가 없는데 그런 걸 하면 오히려

유가족이 더 괴롭지 않겠냐고요. 왜 이런 걸 한다고 하시지? 싶었어요. 여러 번 설명을 듣고 토론을 하면서는 아, 그런가? 싶기도 했지만 여전히 긴가민가했죠. 그렇게 수많은 의심과 설전, 설명과 설득이 오간 후에 생일모임 당일이 됐어요. 그런데 그걸 하고 나서 유가족들이 너무 고맙다고 하는 거예요. 생일모임 덕분에 아이 생일을 잘 넘기고 또 큰 위로를 받았다고요. 놀라웠죠.

Q. 어떤 점이 그렇게 위로가 되는 걸까요?
주인공이 없는 자리여서 그 빈자리가 더 크게 느껴질 수도 있을 텐데 말이죠.

A. 유가족들 중에도 생일모임을 망설이는 분들이 있어요. 아이 없는 생일모임이 두렵고 걱정되니까 한편으로는 괜히 한다 했나 하는 생각도 하시고요. 그런데 사전 인터뷰 때 일단 아이 얘기가 나오면요, 달라져요. 그 표정을 어떻게 설명해야 할까요? 친구한테 자랑하듯이 얘기하세요. 친구랑 카페에서 수다 떨듯이 그렇게 아이 이야기를 하거든요. 마치 아이가 지금 학교에서 공부하고 있는 것처럼, 이따 저녁이 되면 집으로 돌아올 것처럼…. 그렇게 두 시간, 세 시간 얘기하고 마칠 때면 엄마들이 제 손을 꼭 붙들고 너무 고맙다고 하세요. 이래서 생일모임을 하는 건가 보다 하면서요. 내 아이 이야기를 누군가 진지하게 들어 주는 게 고마웠던 거 같아요. 다들 없는 아이 얘기는 그만하라고 하거든요. 심지어 식구들도 그러니까 주변 친구들이나 지인들한테는 아예 아이 얘기를 꺼낼 생각도 못 해요. 근데 엄마는 애 얘기를 너무너무 하고 싶은 거죠.

엄마들은 늘 아이 이야기를 하고 싶어 했다. 할 수만 있다면 매일, 할 수만 있다면 온종일이라도. 땅이 꺼질 것처럼 깊고 어두운 한숨을 내쉬다가도 아이 이야기를 물어보면 눈이 금세 반짝였다. 그렇게도 아이 이야기를 하고 싶은데 그 얘기를 할 수 있는 곳은 거의 없었다. 명절에 모인 일가친지들은 혹여 그 아이 이야기가 나올까 봐 서둘러 화제를 돌렸다. 아이 자랑을 한껏 하던 친구들은 문득 유가족 엄마의 얼굴을 보고는 눈짓을 하며 입을 다물었다. 상처가 될까 염려되었기 때문이다. 하지만 유가족들은 그때마다 입이 틀어막히는 기분을 느꼈을지도 모른다. 내 아이를 없는 아이로 취급하는 것 같아 마음이 미어졌을지도 모른다. 때로는 기억으로, 때로는 추억으로 지금 이곳에 아이가 소환되기를 바라기 때문일 거다. 그렇게 이곳에서 함께 살 수 있기를 바라기 때문일 거다. 그러니 한 달 내내 지속되는 내 아이의 이야기가 행복하지 않을 도리가 있나.

Q. 사전 인터뷰라면 아직 시작도 안 한 상태잖아요. 생일모임을 하기도 전에 '위로'가 확인되는 거네요. 과정 하나하나가 중요하겠다는 생각이 듭니다.

A. 생일모임 당일은 하나의 예식일 뿐이고 그걸 준비하는 시간 전체가 하나의 의례란 생각이 들어요. 생일모임을 하기로 결정이 되면 우선 그 부모님과 인터뷰를 해요. 그리고는 그 집에 가 보죠. 아이가 어떻게 생활했는지 보면서 같이 느끼고 싶어서요. 생일모임 때 전시할 물건이나 사진을 골라 오기도 하고요. 그런 다음에는 합법적인 모든 수단을 동원해 생일모임 주인공의 친구들을 찾아요. 그 친구들에게 일일이 연락해서 만날 날짜를 잡고,

만나서 친구에 대해 실컷 이야기하고 편지도 쓰죠. 아이와 시공간을 공유한 사람들로부터 아이의 이야기를 듣고 난 후에는 아이 모습을 담은 영상도 만들고 전시할 사진을 꾸며요. 그 사이에 아이의 이야기를 모아서 한 시인에게 전달을 하는데, 그러면 그 시인이 그 아이가 되어 이야기하는 시를 써서 보내 줘요. 그렇게 아이의 목소리로 쓰인 시를 생일모임 당일에 함께 소리 내어 읽는데, 마치 아이가 와서 귓가에 대고 조곤조곤 속삭이는 것 같아서 모두가 눈물을 펑펑 흘려요. 이렇게 아이를 맞이할 준비를 하고, 아이가 왔다는 걸 느끼고, 아이와 온전히 함께하는 시간, 이런 과정 하나하나가 모두 생일모임인 거죠.

생일모임 준비 기간이 대략 한 달쯤 된다. 부모를 시작으로 친구와 선생님 등 여러 사람들로부터 그 아이에 대한 이야기를 듣는다. 사진을 보고, 머물던 공간을 둘러본다. 그러고 나면 한 번도 만난 적 없던 친구가 친숙히 아는 이가 된다. 그야말로 내가 알던 사람인 것만 같다. 언제 어디서 봤는지 잘 기억나진 않지만 원래부터 알고 지내던 먼 친척 같다고나 할까.

Q. 생일모임으로 한 아이의 삶이 완성되는 느낌도 듭니다. 한 사람의 삶을 여러 각도에서 듣게 되는 일이 드문 일이니 의외의 모습을 발견하기도 하겠어요.

A. 때론 부모님들이 전혀 몰랐던 아이의 모습이 나올 때가 있어요. 굉장히 수줍은 아이인 줄로만 알고 있었는데 엄청 활발하고 정의감 넘치는 면이 있다거나, 전혀 몰랐는데 여자친구나 남

자친구가 있어서 뜨거운 연애를 한 경우도 있죠. 희대의 욕쟁이였다거나 청춘에 겨워 걸멋 든 일탈을 저지른 경우도 있는데, 그럴 땐 이걸 부모님께 얘기해 줘야 하나 말아야 하나 심각한 고민에 빠지게 되죠. 사실 아이의 이야기를 들을수록 아이가 점점 더 좋아져서 생일모임 동영상을 만들 때면 아이를 엄청나게 멋지게 꾸며 주고 싶은 욕구가 솟구쳐요. 하지만 생일모임을 하는 이유가 아이의 훌륭함을 전달하기 위함이 아니라, 있는 그대로의 모습을 기억하고 함께 그리워하기 위함이니까 가급적 아이가 하지 않았던 말들은 빼고, 있는 그대로의 모습을 전하자고 마음을 다잡죠. 그런데 참 놀랍게도, 어두운 진실을 굳이 밝혀야 하나 걱정했던 것과는 달리 부모님들은 내 아이에게 이런 면이 있었구나, 내 아이가 다양한 경험을 했구나, 참 다행이다, 하면서 이런 이야기들을 좋게 받아들이세요. 그런 부모님들을 보면 저의 잣대로 옳고 그름을 판단하려 했던 마음이 얼마나 오만한 것이었는지 통렬하게 깨닫게 돼요.

Q. 주인공의 의외의 모습을 아는 데에는 친구들 역할이 제일 컸을 것 같네요. 아무래도 그때는 친구가 중요하잖아요. 만났던 친구들 이야기 좀 해 주세요.

A. 생존자 친구 한 명이 떠올라요. 생일모임 주인공인 지민이(가명)와 거의 자매라 할 만큼 친한 친구였어요. 가족들도 서로 다 알고, 어려서부터 무척 가깝게 지냈죠. 생일모임 준비로 이 친구를 만나려는데 계속 못 만났어요. 저와 만날 때만 되면 무슨 일이 생겨서 약속이 번번이 깨졌거든요. 몇 번 반복되니까 애가 날

만나기 싫은 거구나 싶더라고요. 마음이 불편해서 자꾸 피하는 걸 텐데, 왠지 저는 한 번쯤은 꼭 만났으면 했죠. 우여곡절 끝에 결국은 만났죠. 만나서 쭉 들었어요. 왜 절 만나기가 꺼려졌는지에 대해서요. 그 친구가 생존 학생이잖아요. 내 친구는 잘못됐는데 나만 살았다는 죄책감이 있는 거예요. 주변 사람들 모두가 왜 너만 살아 돌아왔냐고 비난하는 것 같았대요. 그렇게 말한 사람은 아무도 없었지만 마음이 죄책감으로 가득 차 있다 보니 모든 시그널이 그렇게 들어오는 거예요. 그러니까 계속 죄인처럼 사는 거예요. 집에 틀어박혀 있거나, 아무도 안 만나는 상태였던 거죠. 막 울면서 그런 얘기를 하더라고요. 그런데 지민이가 친구가 많이 없었어요. 생일모임에 올 친구를 찾느라 애를 먹고 있었는데, 이 친구 얘기를 듣고는 오히려 그런 생각이 들더라고요. 아, 지민이 친구 아무도 안 와도 돼. 그냥 친구 없이 생일모임 해도 괜찮아.

생일모임에 친구들을 많이 초대하고 싶어 욕심이 나던 때가 있었다. 친구들이 많이 와야 많은 기억을 나눌 수 있을 거라 생각했기 때문이다. 그런 욕심이 과해 친구들 한 명 한 명의 마음을 세심히 헤아리지 못하기도 했다. 고백하건대 나는 그랬다. 친구 찾기가 어려울 땐 밤잠을 설치기 일쑤였고, 반대로 그득한 신발과 북적대는 사람들을 보면 안도했다. 생일모임의 뜻을 종종 잊었기 때문일 것이다.

생일모임이 갖는 치유의 힘은 서로 주고받는 공감과 위로에 있다. 그것은 일방적으로 누군가에게 전달하는 것이 아니다. 참여한 한 사람 한 사람이 얻은 위로가 서로에게 퍼지며 느껴지는 것일 뿐 선물처럼 선사하는 것이 아니었다. 결국 서로가 서로의 치유자이자 치유제였

다. 그러니 단 한 사람도 아프면 안 되는 자리다. 단 한 사람도 상처가 되면 안 되는 자리다. 그것만 지킨다면 사람이 적든 많든 문제 되지 않았다. 물론 새가슴이라는 별명이 있던 박 작가는 생일모임을 준비할 때면 자주 초조해했다. 생일모임 직전이면 말할 때 목소리가 떨릴 지경이었다. 약속했던 친구들이 오지 않을까 봐, 제시간에 음식이 오지 않을까 봐, 예상치 못한 변수로 생일모임이 어그러질까 봐 걱정했다. 그 외에도 박 작가의 걱정은 엄청나게 많았다. 그리고 그 중 최고의 걱정은 함께한 이들이 혹시라도 상처 입을까, 혹시라도 마음 다칠까였다. 게다가 그 사실을 스스로 모를까 봐 또 걱정을 했다. 새가슴 별명을 가진 박 작가는 그렇게 걱정이 많았다. 하지만 역설적이게도 그렇게나 걱정이 많아서 단호할 수 있었다. 한 사람도 다치지 않아야 한다는 걱정은 "그래, 아무도 안 와도 돼."라는 확고함으로 이어졌다. (새)가슴은 콩닥거릴지언정 말이다.

Q. 한 사람의 삶을 듣는 과정이 어떻게 치유의 순간이 되는지 이해하게 되네요. 그렇다면 그런 과정이 작가님에게도 위로와 치유의 시간이었겠습니다.

A. 그럼요. 한 사람의 인생을 입체적으로 보게 되잖아요. 그러면 이 아이의 삶이 그려지면서 동시에 나를 돌아보게 돼요. 내 삶은 어땠지? 나의 열일곱 살, 나의 열여덟 살은 어땠지? 내가 주인공이 된다면 나의 친구는, 나의 가족은 무슨 말을 해 줄까? 나를 어떤 사람으로 기억할까? 작가로서의 인식에도 많은 영향을 미쳤죠. 이웃에서의 경험이 없었다면 저는 아직도 헤매고 있었을 거예요. 제 글이 굉장히 좋다고 스스로 자화자찬하면서 오만

에 빠져 살았겠죠. 이웃을 만나기 전 저는 사람에 집중하기보다는 상황이나 현상에 더 집중했거든요. 한마디로 사람을 보지 않고 글을 썼어요. 이제는 사람을 보려고 해요. 한 사람이 하나의 세계이고 우주라는 생각을 해 본 적이 없었는데, 이제는 좀 알겠어요. 이웃의 경험은 제게 한 사람을 세계로 인식하게 된 계기가 되었어요.

Q. 결국 그 생각의 변화는 이야기를 듣는 것에서 시작되었다고 할 수 있잖아요. 작가로서 커다란 변화를 주었던 것이 결국 '듣기'군요. 이웃을 떠난 후 작가님의 듣기는 어떻게 변화했는지요?

A. 사람이 또 되게 간사하고 어리석잖아요. 이웃에서는 마음을 실어서 집중해서 들었어요. 근데 이웃을 벗어나서 일상생활에서 들으려고 하면 또 옛날 버릇이 나오는 거예요. '야, 너 그렇게 하지 마.' 이런 말이 나오는 거죠. 잘 듣는다는 게 쉬운 일이 아니구나 싶더라고요. 그래서 내가 잘 들으려면 뭔가 업소를 차려야 되는 거 아닌가 하는 생각도 해 보고요. (웃음)

Q. 이웃의 경험에 대한 쓰기는 어떠신지요?

A. 이웃에 관한 글은 오래전부터 구상해 왔던 게 있어요. 아마 소설이 되겠죠? 그동안 스토리가 바뀌긴 했는데, 어떤 한 인간의 충만한 생명성을 보여 주는 글을 쓰고 싶어요. '그래, 이게 바로 인간이지' 하는 그런 모습이요. 자유의 상징, 생명의 상징 같은 그런 캐릭터요. 예전이라면 이런 생각 안 했을 거예요. 세월호 참사

를 겪고 이웃 활동을 하면서 생각하게 된 캐릭터인 거죠. 정말 살아 있음의 끝판왕인 캐릭터를 그려 보고 싶은 욕심이 있어요. 아직 구상 중이지만 반드시 쓸 거예요.

그러고 보니 박 작가의 역할은 아직 끝나지 않았다. 이웃의 경험을 담은 소설을 써야 한다는 막대한 임무가 남았으니 말이다. 만날 때마다 그랬다, 스토리가 자주 바뀐다고. 소설 쓰는 일이 어떤 건지 상상도 할 수 없으니 수없이 바뀌고 그러겠지 싶다. 박 작가를 떠올리니 더 그럴 것도 같다. 다른 작가들보다 더 고치고 또 고치고 하지 않을까. 생일모임이 그랬듯이 소설에서도 누구 하나 다치지 않게 하려고, 누구 하나 상처 입지 않게 하려고 고심하고 또 고심하겠지. '그 글을 읽고 누구라도 마음을 다친다면 안 쓰고 말 거예요.'라고 말하고도 남지. 박 작가라면 그러고도 남지.

자원활동가들이 박 작가에게 많이 물어보았다. 소설을 쓰게 되면 자기도 나오느냐고. 그때마다 모두에게 "그럼요."라고 했는데. 그리고 나도 넣어 주겠다 했는데. 설마 기억하시겠지. 누구에게도 상처가 되지 않겠다는 고심은 하시되, 이렇게 기다리고 있다는 것도 고심 속에 넣어 주시길. 박 작가님의 (새)가슴에 너무 큰 부담을 드렸나.

알바비 떼이면

이름 | 문지원

나이 | 1988년생

취미 | 안 믿으시겠지만 독서가 취미랍니다.

직업 | 경기내일스퀘어 청년공간 상상대로 센터장으로 일하고 있습니다.

사는 곳 | 안산

치유공간 이웃이 저의 첫 직장이었습니다. 직원으로 3년 7개월 근무하며 서류 업무부터 사람 만나는 일까지 여러 일들을 하였죠. 이웃을 통해 사람에게 마음이 있다는 것을 배우고 좀 더 좋은 사람이 된 것 같습니다.

"알바비 떼이면 제가 가서 받아 줬죠."

보통의 단체들과 비교하면 이웃의 일들은 다소 특이하다. 교육, 캠페인, 회의가 일상적으로 벌어지는 다른 단체들과 달리 이웃은 허구한 날 음식을 하거나 이야기를 했다. 이런 풍경을 처음 보는 이들은 조금 놀라워했지만, 곧 익숙하게 함께했다. 그런데 이런 이웃에서도 특이한 경우에 속하는 이가 있었다. 그 사람은 떼인 돈을 받아 주거나 알바비 계산법을 알려 주는 등 남들이 하지 않는 것을 하고는 했다. 그러자니 노동부에 찾아가기도 하고 돈 떼먹은 사장에게 으름장을 놓기도 했다. 게다가 부엌일에는 재주가 하나도 없어서 고양이 손이라도 빌릴 만큼

바쁜 때에 아무 도움이 안 되는 사람이었다. 여러모로 특이한 사람이다.

도대체 누구야? 하는 질문이 터져 나오는, 그 사람이 바로 문지원이다. 40~50대 여성이 대부분인 곳에서 20대 남성이라는 점에선 존재부터가 특이한 사람이었다. 특이하다고 하니 성실하지 못할 거라 생각할까 봐 하는 말인데, 문지원은 이웃의 온갖 일들을 묵묵히 해냈다. 그것도 최선을 다해 열심히 말이다. 다만, 문지원은 보통의 이웃 사람들과는 조금 다르게 해내고는 했다. 많은 이들이 슬픔에 주목할 때 기쁨에 주목했고, 다른 이들이 고통에 주목할 때 설렘에 주목했다. 그런 그에게는 형제자매와 친구들에게 연인이 생긴 일, 새로운 알바를 시작한 일, 군대 휴가를 나오는 일이 중요한 관심거리 중 하나였다. 그들의 일상에 이렇게 주목했던 사람이니 알바비 못 받는 사건이 얼마나 큰일인가 말이다. 그로서는 당장 달려가 떼인 돈을 받아 옴이 당연하고도 마땅한 일이었다. 여튼, 문지원은 그런 사람이다.

Q. 세월호 참사 소식은 어떻게 알게 되셨나요?

A. 2014년 2월에 대학을 졸업하고 아르바이트를 하던 때였어요. 속보로 세월호 참사 소식을 들었는데 처음에는 물음표였죠. 배가 지금 바다에 있다고 하고, 전원 구조가 됐다는 얘기도 있고, 오보라는 얘기도 있고. 계속 물음표의 연속이었어요. 그냥 안절부절못했던 것 같아요. 안산에 살아서 그런지 친척들과 지인들에게 연락도 많이 왔고요. 먼 친척들은 제가 정확히 몇 살인지 잘 모르잖아요. 제가 혹시 단원고인가 싶어서 전화하신 경우도 있었어요.

Q. 치유공간 이웃과는 어떻게 인연을 맺게 되었나요?

A. 참사 직후에 세월호 가족대책위에서 자원활동을 하고 있었어요. 유가족들이 문서 작성이나 컴퓨터 활용이 서투시기도 하고 그럴 정신도 없잖아요. 젊은 친구들이 그런 걸 도우면 도움이 된다는 얘기를 듣고 하게 됐어요. 주로 회의록 정리하는 일을 했죠. 그러던 중에 학교 선배로 알고 지내던 이영하 국장(당시)님이 이웃에서 같이 일해 보지 않겠냐고 제안해 주셨죠.

Q. 제안했던 그 자리에서 바로 결정하셨던 기억이 나네요. 주저하는 마음은 없으셨을까요?

A. 저는 나름 대학 때 학생회 활동이나 공익적인 활동을 많이 했거든요. 그런데 참사가 나고는 정작 제가 할 수 있는 게 별로 없는 거예요. 그냥 피케팅을 한다든가, 아니면 회의록 정리하는 일 정도만 했죠. 무기력감과 부채감이 컸어요. 뭔가 더 하지 않으면 나중에 후회할 것 같다는 생각도 들었고요. 미래의 내 아이가 세월호 참사 때 아빠는 뭘 했냐고 물어보면 뭐라고 대답할까 싶은 거예요. 이렇게 무기력하게 아무것도 못 하고 있으면 할 말이 없는 거죠. 그래서 같이 일해 보겠냐는 제안을 받았을 때 바로 결정했어요. 소중하고 중요한 일이다 싶었고요. 그때는 유가족들에게 도움이 된다면 뭐든 하자는 생각이 컸던 것 같아요.

많은 자원활동가들이 말한다. 세월호 참사 앞에 무기력하다고, 이 부채감을 어찌하면 좋겠냐고 말이다. 당시 유가족 곁에서 회의록을 정리하고 피켓을 들던 문지원도 예외 없이 같은 말을 한다. 도대체 무엇

을 하고 있었다면 그런 느낌을 받지 않았을까. 무엇을 하건 느꼈을 법한 무기력감과 부채감이 오히려 우리를 여기까지 오게 만들었던 건 아닐까. 그 마음이 바닷속 세월호를 끌어 올리고, 그 마음이 백만 서명을 만들어내고, 또 그 마음이 도심 광장을 촛불로 가득 메우게 했던 건 아니었을까. 아무것도 할 수 없어 느끼는 무기력감이 오히려 어마어마한 힘을 만들어내고 있던 게 아닌가 말이다.

Q. 세월호 유가족들과 함께하는 공간이라는 것에 대한 두려움은 없었나요? 당시 20대여서 자녀를 잃고 슬퍼하는 모습이 더 버겁게 느껴지지 않았을까 싶기도 하고요.

A. 오히려 그분들이 저를 불편해하면 어떻게 하지, 하는 고민이 있었어요. 희생 학생 친구들과 나이 차이는 좀 있지만 아무래도 제가 비슷한 또래의 청년이니까요. 유가족 어머님들이 그 또래인 저를 보고 아이 생각이 더 날 수도 있잖아요. 그런 게 좀 걱정이었어요.

Q. 말하자면 존재가 힘들었던 거네요. 그건 정말 어찌할 도리가 없으니 참 난감하셨겠어요.

A. 처음에는 어머님들이 정말 많이 우셨잖아요. 다른 분들은 같이 손도 잡아 드리고 얘기도 하는데 저는 그게 안 되는 거죠. 제가 위로가 될까 싶기도 했고 제가 할 수 있는 일이 아니라 생각했어요. 처음 일 년 반 정도는 그랬던 것 같아요. 그때는 유가족 분들이 너무 힘들 때라서 제 또래를 보기가 쉽지 않은 시기였고요. 그럴 때는 사무실에서 묵묵히 제 일을 하는 게 이웃에 도움이 되는

거라 생각했어요. 그게 제일 어려웠네요.

참사 직후에는 모든 것이 조심스러웠다. 뭘 하든 상처가 될까 싶어 늘 노심초사였다. 유가족 엄마들과 비슷한 또래의 자원활동가들도 어찌할 바를 몰라 허둥댔다. 어떻게 행동해야 할지 모르겠으니 자원활동가들은 몸부터 숨기고 싶어 하는 것 같았다. 그래서인지 부엌 안쪽은 늘 자원활동가들로 꽉 차 있었다. 이럴 때였으니 젊디젊은 문지원은 어땠을까. 게다가 유난히 어려 보이는 외모라 엄마들 앞을 지나갈 때면 나조차 아슬아슬한 느낌이 들기도 했다. 그러니 문지원은 유가족이 많이 오는 날이면 꼼짝없이 작은 사무실 밖을 나오지 않았다. 어지간해서는 문밖을 나오지 않았고 움직이지 않았다. 누군가에게 내 존재 자체가 상처가 될까 걱정하는 마음이 어땠을까. 그렇게 보낸 1년여가 정말 쉽지 않았으리라.

Q. 그럼, 이웃에서는 주로 어떤 일을 하셨어요?

A. 처음에는 봉사자 분들과 소통하거나, 안내하는 일, 그리고 회계 업무를 했어요. 뜨개 전시 준비나 치유 프로그램 운영 같은 것을 하기도 했어요. 주로 실무 역할이었죠. 말하자면 서포트 하는 일들을 많이 했어요. 그 중에서 기억나는 건 생일모임 준비하는 거죠. 이웃에서 제가 제일 어렸잖아요. 그래서 형제자매나 친구들 만나는 일에서 나이로는 제가 제일 조건이 좋았어요. (웃음) 제가 잘할 수 있는 일이고, 많은 도움을 줄 수 있다고 해서 제가 주로 했어요.

세월호 참사 당시 형제자매와 친구들은 위협적인 어른들을 많이 만났다. 특종을 위해 무례한 질문을 서슴지 않는 기자 어른, 상담을 받지 않겠냐고 날마다 문을 두드리는 기관의 어른, 이제는 네가 부모님을 잘 챙겨야 한다고 말하던 친척 어른, 쯧쯧쯧 혀를 차며 거침없이 동정을 표하던 어른들까지. 참사 전에 이들이 어떤 어른들을 만났는지는 알 수 없다. 하지만 적어도 세월호 참사 이후, 어른은 피하고 싶은 존재였을 것이다. 이들에게 어른이란 빨갛게 상처가 난 자리를 보고도 아무렇지 않게 후벼 파는 사람들이었다. 이런 상황에 마흔이 넘어버린 나 같은 사람이 이들에게 어떻게 비추어졌을까? 아니, 과연 나는 그런 어른이 아니라고 확신할 수 있을까? 나이도, 마음도 모두 자신이 없었다. 이때 20대인 문지원이 우리에겐 보배 같은 존재였다. 결국 어린 그가 형제자매와 친구들을 만나게 됐다. 문지원 또한 긴장하며 다가갔지만 그들의 만남은 길게 이어졌다. 아마도 비슷한 또래의 나이가 안전감을 주고, 그저 들으려는 마음은 안도감까지 주었기 때문이 아닐까 싶다.

Q. 세월호 참사 앞에 온 국민이 슬퍼했지만, 그 슬픔을 맞는 마음은 세대별로 다르지 않았나 싶어요. 그리고 자녀를 잃은 부모들에 대해서는 많은 사람들이 공감하는 데 비해 세월호 참사를 겪은 청년 세대의 마음은 상대적으로 잘 보지 못했네요. 그들의 마음이 부모들과는 또 다를 것 같아요.

A. 큰 슬픔이 있다는 점은 모두 같죠. 단, 형제자매나 친구들에게는 부모님들과는 또 다른 복잡한 마음이 있었어요. 자신의

형제자매를 잃은 고통도 있지만 그 시기에 필요한 돌봄이나 사랑을 받지 못해 생기는 외로움 같은 게 있기도 하고요. 청소년이거나 이제 막 청년이 된 나이였잖아요. 아직 부모님의 손길이 필요한 때죠. 하지만 부모님은 그럴 여력이 없으셨잖아요. 희생 학생의 친구들 같은 경우도 각자의 부모님과의 관계 때문에 마음이 복잡한 것 같았어요. 그 친구들의 엄마 아빠들은 자기 아이가 걱정되잖아요. 한창 공부해야 할 때인데 그러지 못하는 것 같고, 매일 울거나 우울해하니 그게 걱정이었을 테고요. 그러니 부모님께 슬픈 티를 안 내려고 하는 거죠. 친구를 잃고 충분하게 아파하는 시간을 가지면 좋았을 텐데 그걸 숨기느라 별로 그러지 못했더라고요. 게다가 청소년과 청년기에 거치게 되는 고민들이 있잖아요. 그런 고달픔이 기본값으로 있는데 거기에 아주 큰 아픔이 찾아온 거죠. 그런데 당연히 거치는 그런 고민을 드러내기가 참 어려운 거예요. 형제자매, 친구가 참사로 희생됐는데 진로 문제로 고민을 한다? 여자친구나 남자친구 고민을 한다? 이런 게 본인들도 잘 용납이 안 되는 거예요. 누구와 얘기도 나누고 위로도 받고 해야 하는데 그게 안 되는 거죠. 이런 마음이 실타래처럼 엉키는 것 같았어요. 그렇다 보니 형제자매나 친구들에게 그런 얘기를 더 많이 듣고 공감하려고 했던 거 같아요. 청년인 나와 비슷한 고민이기도 했고요, 큰 슬픔이 있다는 건 같았지만 이런 부분은 유가족 부모님들과는 다른 면이지 않았을까 싶어요.

Q. 처한 상황이 다르니 맞닥뜨리는 어려움도 다르군요. 형제자매나 친구들과 만날 때도 부모님들과는 다른

에피소드들이 있을 것 같은데요.

A. 약속 잡을 때 적절한 장소를 찾느라 애먹는 때가 많았어요. 청년이 된 친구들과는 술자리를 갖기도 했거든요. 그런데 술 마실 수 있는 장소가 굉장히 한정적인 거예요. 사람들이 많지 않은 조용한 공간, 남들과 마주치지 않게 분리된 공간을 찾게 되거든요. 그래야 세월호 얘기를 조금 더 편안하게 할 수 있으니까요. 너무 열린 공간이면 그러기 어렵잖아요. 형제자매나 친구들이, 술을 먹거나 웃는 모습에 손가락질 당할까 걱정하거나 혹여 아는 사람을 만날까 봐 불안해할 때가 많았거든요. 그런 시선들이 늘 마음에 걸리는 거죠. 참사 이후 2~3년이 지났을 때인데도 그랬어요. 물론 그 이후에도 마찬가지였고요. 20대 초반에는 자유로움이 분출되는 게 매력이잖아요. 그런데 그걸 할 수가 없는 거예요.

형제자매나 친구들은 개방된 공간에서 이야기하기를 어려워했다. 조용하거나 분리된 공간을 찾으려고 한 시간 넘게 장소를 물색한 일도 있다. 결국 적절한 장소를 찾지 못해 사방이 개방된 곳에서 이야기를 하게 되면 '세월호'라는 단어를 숨죽여 발음하고는 했다. 이 모습은 흡사 1970~80년대에 정치 이야기를 하던 이들이 자기도 모르게 속삭이며 말했던 장면과 비슷했다. 몇 년 전 개방된 곳에서 만나야 했던 형제자매가 내게 신신당부를 한 일이 있었다. "장소가 어쩔 수 없네요. 대신 여기서는 세월호라는 말은 '그 일'이라고 얘기하기로 해요. 그렇게 해 주실 거죠?" 그 물음에 답해야 했던 그 순간, 나는 어떤 감정을 담아 말하면 좋을까 생각했다. 대수롭지 않은 듯이 '그럴게'라고 답할까? 그래야 이런 부탁하는 자기를 유난스럽게 보면 어쩌나 하는 마음을 덜어 줄 수 있을까 싶었다. 또 한편 확신에 찬 느낌으로 '그럴게'라고 답할까? 그래야 혹시 누구라도 세월호 유가족이라는 걸 알아보면 어쩌나 하는 불안과 초조를 조금이라도 누그러뜨릴 수 있을까 싶었다. 짧은 순간 스쳐 간 많은 생각들로 나는 빨리 답하지 못했던 것 같다. 그때를 생각하면 마음이 아리다.

Q. 적절한 장소를 찾는 데 어려움이 있어도 서로 자주 만나셨어요. 그만큼 하고픈 말이 많았던 걸까요? 주로 어떤 이야기들을 했는지 궁금하네요.

A. 뭐 특별한 얘기는 아니었어요. 지금 겪고 있는 일에 대한 얘기를 많이 나눴죠. 진로, 아르바이트, 친구 관계 같은 것들이요. 같이 밥 먹고 커피 마시고 치킨 먹고 맥주 마시면서요. 방 탈출 게임도 하러 가고, 노래방도 가고요. 그냥 그 시기를 보내는 대부분의 청소년, 청년처럼 그렇게 얘기하는 거죠. 그러다가 4·16과 관련된 아픔이나 고민이 있으면 또 나누고요. 제가 먼저 걱정이 돼서 물어볼 때도 있고, 친구들이나 형제자매들이 먼저 꺼내면 듣기도 하고요. 제 생각을 궁금해하면 얘기해 주기도 하고요. 지금도 친구들 만나면 비슷해요. 사는 얘기 하다가, 조금 더 4·16과 관련된 안부를 살피는 거죠. 4월인데 좀 괜찮니, 라거나 부모님은 잘 계시는지 물어보기도 하고요.

Q. '4·16과 관련된 안부'라는 말이 특별하면서도 아프게 다가옵니다. 형제자매와 친구들에게 4·16은 일상에서 계속 물어야 할 안부구나 싶기도 하고요. 학교 생활을

하거나 사회 초년생으로 직장 생활을 하는 이들에게 4·16은 어떻게 다가오는 것이었을까요?

A. 4·16 관련해서는 크게 두 가지 이야기를 했던 것 같아요. 하나는 사회적인 시선과 관련된 것들이었어요. 예를 들면, 대학에 진학했는데 안산에서 왔다고 하니 이런저런 얘기들이 나오고 그 말들에 상처받는 거죠. 세월호에 대해 하는 얘기들에 불편한 내용이 있기도 하니까요. 매번 모든 상황에 대처할 수는 없잖아요. 그런 답답함과 괴로움을 많이 얘기했어요. 자기는 그 아픔을 어떻게든 견디려고 하는데 사회적인 시선이나 말들은 너무 가혹한 거예요. 또 하나는 희생자들에 대한 그리움이나 아픔에 대한 것들이었어요. 형제자매나 친구가 너무 그리워서 힘들어할 때가 많았고요. 또 자신이 좀 편안하다든가, 덜 생각난다든가 할 때의 괴로움을 얘기하기도 하고요. 7년 정도 지난 요즘도 비슷하게 얘기해요. 20대에서 30대가 된 친구들도 있고, 그때 고등학생이 20대 중반이 되었어요. 군대도 갔다 오고, 취업한 친구들도 있죠. 여전히 근황 나누고 그래요. 주로 사는 얘기 하고요. 그러면서 4·16으로 힘들고 괴로운 것들에 대해서도 나누고요. 그냥 친구처럼 만나요. 뭐 특별할 것 없어요. 이제 오래 보고 지낸 사이가 돼서 친한 형 동생 같아요.

Q. 자신이 편안하거나, 생각이 덜 난다는 것에 죄책감을 느낀다니 그 일상이 더 버겁게 느껴질 수도 있겠어요. 그러니 더욱 그들의 일상을 응원하는 것이 중요할 것 같네요.

A. 제가 이웃에서 일할 때 일하는 청년들의 노동 문제에 관심이 많아서 청년유니온 활동을 했거든요. 저도 알바를 많이 해 봤고, 돈을 떼여 보기도 했어요. 또 떼인 돈을 받아 보기도 했죠. 그 경험들로 형제자매들이나 친구들에게 도움을 줄 수 있었어요. 임금 계산하는 방법을 알려 주기도 하고, 알바비 떼였을 때 대처법을 알려 주기도 했고요. 실제로 알바비 떼이면 제가 가서 떼인 돈 받아 오기도 했어요. 그렇게 그때그때 살면서 생기는 일을 같이 했던 거 같아요. 전에 한번은 형제자매들이랑 노래방에 간 적이 있거든요. 우리 뭐 할까? 물었는데 노래방에 가자는 거예요. 다들 20대 초반이니까 당연히 노래방 가서 노래 부르고 스트레스 풀 수 있잖아요. 그런데 그런 행동들이 굉장히 조심스럽지 않았을까 싶어요. 시간이 흐를수록 그때 같이 가자고 해 준 게 참 고마워요. 저를 그래도 편안한 사람으로 생각해 주었구나 싶어서요. 그때 다들 발라드면 발라드, 랩이면 랩 다 잘하더라고요. 얼마나 멋있었는지 몰라요. 지금도 그때 같이 갔던 노래방 간판 보면 생각나요. OO가 불렀던 〈몽환의 숲〉이 듣고 싶다니까요.

이웃에서는 형제자매, 친구들과 슬픔을 말하는 시간만큼이나 일상을 말하는 시간이 많았다. 이들은 일상에 몰입할 때 죄책감을 느꼈다. 친구를 덜 생각한 나를, 형제자매를 잠시 잊은 나를 용서할 수 없어서다. 즐거웠던 일상을 말하다가 문득 친구나 형제에게 미안한 생각이 들어 입을 꾹 다물고는 했다. 그러니 떼인 알바비 받아 주는 일은 돌려받는 돈 이상의 의미가 있었다. 너의 일상이 소중하다고, 너는 너대로의 삶을 살아가라고 말하는 것이기도 했다.

Q. 형제자매나 친구들과의 만남에서 생일모임 준비를 빼놓을 수가 없겠어요. 생일모임을 준비하는 동안 더 많이 기억에 남거나 특별한 일이 있을까요?

A. 준비하는 과정이 많이 생각나요. 준비하면서 아이들 사진도 보고, 가족이나 친구들, 이웃들한테 이야기도 전해 듣고요. 그러면서 추억하는 시간이 특별하죠. 정말 꼬박 한 달을 준비하는데, 그 한 달이라는 시간이 특별하게 와닿았어요. 특히 친구들을 찾는 거, 그걸 잊을 수 없죠. 처음에는 부모님이 알려 주는 친구들 중심으로 찾았어요. 그런데 부모님이 모르는 친구가 너무 많은 거예요. 그래서 나중에는 그 친구에 대한 단서들을 추적하면서 찾게 됐죠. 이 친구는 무슨 학원 다녔고, 중학교는 어디 나왔고, 사는 곳이 어디니까 누구누구 통해서 물어봐야겠다면서 찾아다녔어요. 물어물어 친구를 찾는데 그게 그렇게 어려웠어요. 굉장히 어려웠어요. 조심스럽기도 하고요. 지금 돌아보면 즐겁기도 하지만, 그래도 참 어려웠어요. (웃음) 그리고 당일에 친구들이 안 올까 봐 조마조마하고. 그 조마조마함이 지금도 생각나요. 친구들은 온다고 하다가 못 오기도 하고, 늦기도 하고 그랬어요. 기다릴 때의 그 조마조마함이 엄청나죠.

맞다. 친구들을 찾고 맞이하는 것은 어려웠다. 당시 희생 학생의 친구들은 청소년이거나 갓 스무 살을 넘긴 나이였다. 이들은 어른들과는 소통 방식이 다른 것 같았다. 연락을 잘 받지 않다가 갑자기 답을 하기도 했고, 매일 조잘조잘 통화하고 메시지를 주고받다가도 느닷없이 연락이 안 되기도 했다. 게다가 주인공 없는 생일모임에 친구로 참여하는 일이 이들에게는 낯설고 이상한 일임이 분명했다. 그러니 이들을 대할 때면 뭐든 조심스러웠다. 생일모임 안내는 너무 무겁지도, 너무 가볍지도 않아야 했고, 또 너무 거세게 잡아당겨서도 안 되는 거였다. 겉으로는 평범한 청소년과 청년이었지만 이들은 이미 충분히 슬프고 충분히 힘든 상태였기 때문이다. 누구누구의 생일모임이 있으니 '꼭 와 달라'는 메시지를 써서 보내려다가, 다시 돌아서서 '꼭'이라는 단어를 빼게 되었다. '꼭'이라는 말에 혹여 부담을 느끼면 어쩌나, 죄책감을 자극하면 어쩌나 싶어서였다. 그렇게 준비하다 당일이 되면 긴장감은 최고조에 이른다. 시작 5분 전인데 아무도 오지 않아 발을 동동거리던 순간은 지금 떠올려도 아찔하다. 오기로 한 친구들이 전화까지 안 받으면 정말이지 심장이 쪼그라드는 것만 같았다. 대개는 입이 바짝바짝 타들어 갈 때쯤 시끌벅적한 소리와 함께 우르르 친구들이 문을 열고 들어오고는 했다. 그러면 순식간에 얼굴에 웃음이 가득히 폈고 눈에서는 여지없이 눈물이 났다. 그때의 그 안도감과 고마움을 어떻게 잊을까 싶다.

Q. 생일모임은 희생자를 기억하는 이들이 모여 추억과 그리움을 말하는 자리잖아요. 60여 회 가까이 꾸준히 생일모임이 이어진 건 이야기가 갖는 힘이 있었기 때문인 것 같습니다. 청소년, 또 막 성인이었던 친구들에게는 이런 이야기가 어떻게 다가왔을지 궁금한데요.

A. 생일모임에 친구들이 써 온 편지가 떠올라요. 생일모임의 주인공인 친구와 어떻게 처음 만났는지, 첫인상이 어땠는지, 뭐하며 놀았는지 등의 이야기가 담겨 있었어요. 그 편지 한 장이면

모두 푹 빠져서 한참을 얘기하게 돼요. 희생 학생과 친구들이 재미나게 노는 모습이 보이는 것처럼 여겨지거든요. 정말 신기했어요. 드라마나 영화를 볼 때보다 더 생생하게 느껴졌거든요. 이게 이야기의 힘인 것 같아요. 생생한 이야기를 들으면 공감이 크거든요. 이 친구가 정말 친구를 많이 그리워하는구나, 보고 싶겠구나 느끼게 돼요. 그러다 보면 경계가 허물어지고 서로를 위하는 마음만 남게 돼요. 그리고 또 잊을 수 없는 건, 생일모임 시작과 끝의 상반된 모습들이에요. 그 친구들이 편지를 읽을 때 그 순간 정말 진지하거든요. 많이 울게 되고요. 그런데 끝나고 밥 먹을 때는 또 세상 그렇게 유쾌할 수가 없어요. 이 두 가지가 다 이 친구들에게는 있는 거죠. 생일 주인공인 친구 얘기하면서 깔깔 웃는 유쾌함이랑, 그 나이에 친구를 잃은 그 아픔을 어떻게든 견뎌 보려는 처절함 같은 게 하루 동안 다 보여요. 생일모임 하루에 그런 모습을 동시에 다 본다는 게 참 인상 깊었던 것 같아요. 그래서인지 생일모임을 하면 할수록 희생 학생 친구들이 생일모임을 모두 경험하면 좋겠다는 생각을 많이 하게 됐어요. 이런 게 아니면 친구 생일을 어떻게 보낼까 하는 걱정도 들었고요.

Q. 형제자매, 친구들과 기쁘고 슬픈 이야기들 속에서 함께한 시간이네요. 그 과정에 서로가 서로에게 또 하나의 이야기가 되었을 것 같은데요. 문지원 님은 이들에게 어떤 이야기로 기억되고 싶으신지요?

A. 함께하는 사람으로 기억해 주면 좋겠어요. 상처만 주는 사람만 있는 게 아니라 이런 이웃이 있었다는 게 전해지면 좋겠죠.

함께하고 싶어서 첫 직장으로 이 일을 택한 사람이 있다고, 안산 청년 중에 이런 사람도 있다고요. 제가 했던 생일모임이나, 다큐멘터리를 만들었던 일이나, 여러 활동들로 조금씩 그런 마음이 전해지지 않았을까요? 그리고 앞으로도 계속 이 지역에서 살아갈 거니까요. 언제든 찾을 수 있는 사람이고 싶어요. 한번은 형제자매한테서 전화가 왔어요. 방금 저 닮은 사람이 지나갔는데 생각나서 전화했다고요. 그렇게 가끔 생각나면 찾을 수 있는 사람이면 좋겠어요.

Q. 함께하는 사람 중에서도 자원활동가가 아닌 상근 직원으로 계셨어요. 자원활동가들과 달리 직원으로 함께하는 일은 어떻게 달랐을지 궁금하군요.

A. 직원들이 이웃 활동을 좀 더 큰 틀로 보게 되잖아요. 한 부분만이 아니라 전체를 보죠. 그런 면에서 직원과 자원활동가의 가장 큰 차이는, 직원이 자원봉사자들을 챙긴다는 점인 거 같아요. 소중한 시간을 쓰고 애정을 쏟으며 이 공간에 오는 자원활동가들이 좋은 기억을 가지고 가셔야 하잖아요. 자원활동가들끼리 갈등이 생길 수도 있고, 추진하는 사업에 대한 이해가 부족할 수도 있고요. 그러니 우리가 하고자 하는 방향에 대한 설명이나 설득이 필요하기도 했어요. 이런 걸 자원활동가가 스스로 하지는 않으니까. 이런 부분에 신경을 많이 썼던 거 같아요. 그 차이가 크죠. 워낙 자원활동가들이 많이 왔고, 바라보는 방향이 다르잖아요. 그런 부분에서도 세심하게 신경 써야 했었어요. 이렇게 자원활동가들을 챙기는 거, 그게 직원의 업무 중 하나이기도 했고 중

요한 일이었죠. 예를 들면 감정의 상태라든가, 긴장 관계도 더 잘 알아야 했고요. 그리고 저희는 늘 이웃 일을 하지만 자원활동가는 몇 번만 오죠. 자원활동가가 주에 1회 온다면 저희는 주에 5일 오잖아요. 때로는 주 6일? (웃음) 항상 유가족들과 함께한다는 것 자체가 다르죠. 이웃 일에서 어려움이 있다면 그 어려움의 정도가 훨씬 컸을 수도 있고요. 우리는 매일 유가족들의 어려운 시기를 봐야 하니까 그게 극명한 차이죠.

듣고 보니 그렇네. 고개가 끄덕여진다. 자원활동가들은 유가족을 챙기고, 또 우리는 자원활동가들을 챙겼다. 그리고 다시 자원활동가들은 직원들을 챙겨 주었다. 이웃은 이렇게 돌봄과 돌봄이 돌고 도는 곳이었다. 돌고 돌아 결국 다시 만나는 뫼비우스의 띠처럼 말이다.

Q. 첫 직장이기도 하고, 또 흔치 않은 경험이기도 한 치유공간 이웃에서의 활동이 문지원의 삶에는 어떤 영향을 주었나요? 삶에 변화가 있으신가요?

A. 사람이 가지고 있는 여러 결의 마음을 본 시간이었어요. 저는 감정보다는 이성적으로 생각하며 살아온 거 같아요. 지금도 좀 그렇기는 하죠. 그런데 이웃에서 일하면서 많은 감정을 만났어요. 사람 마음이 참 다양하다는 것도 알게 됐어요. 슬픈 와중에도 기쁨이 있고, 또 기쁘면서도 화가 나기도 하고요. 아, 그럴 수도 있구나 하면서 많이 생각하게 되었어요. 마음과 감정에 대해 많이 생각하게 됐다는 게 커요. 그 시기를 보내면서 제가 조금 더 좋은 사람이 된 것 같아요. 앞으로도 마음에 대해 더 생각하고, 나와

상대방의 마음을 돌볼 수 있는 사람이 되고 싶어요.

Q. 그럼, 마지막으로 함께했던 분들께 하고 싶은 이야기를 해 주세요.

A. 미리 준비했는데 조금 오글거리네요. 이거 새벽에 써서 그런가? (웃음) 존경하는 이웃치유자 선생님들, 많이 보고 싶습니다. 선생님들이 치유밥상 준비하시는 모습, 청소하는 모습, 뜨개질하는 모습, 같이 나눴던 이야기들과 목소리들 모두 다 소중한 기억으로 남아 있어요. 언제든 만나면 손 꼭 잡고 웃으며 이야기 나누고 싶습니다. 사랑합니다.

Q. 영상편지인 줄 알겠어요.

A. 포옹이라도 해 드리고 싶지만, 그냥 손 꼭 잡는 걸로 할게요. (웃음)

그러고 보니 문지원은 평소에도 오글거리는 말을 잘했다. 이상하게 글로 보면 오글거리는데 말하는 걸 들으면 하나도 안 오글거린다. 그는 자주 말했다. 고맙다고, 존경한다고, 사랑한다고. 다른 이가 면전에 대고 했다면 참 듣기 힘들었을 말들이다. 하지만 그가 하면 따스했다. 이것도 문지원만의 특이한 재주다.

이젠 이런 말들을 우리가 해 줄까 보다. 역시 우리도 문지원을 존경한다고. 친구들과 깔깔거리며 얘기하던 모습이 그립다고. 생일 당일에 친구들 기다리던 긴장된 순간에도 여유 있던 그 표정이 그립다고. 알바비 떼먹은 사장에게 불호령을 내릴 때도 여전히 상냥했던 그 말투가 정말 그립다고. 부엌일이라곤 하나도 못하던 그 곰손마저 그립다고 말이다. 그리고 으흠. 사랑한다고. 아, 역시 이런 말들은 아무나 하는 게 아니라고. 역시 문지원만의 특이한 재주라고. 그리고 특이하다 했지만, 사실은 특별했다고 말이다.

뜨개로 잇는 마음

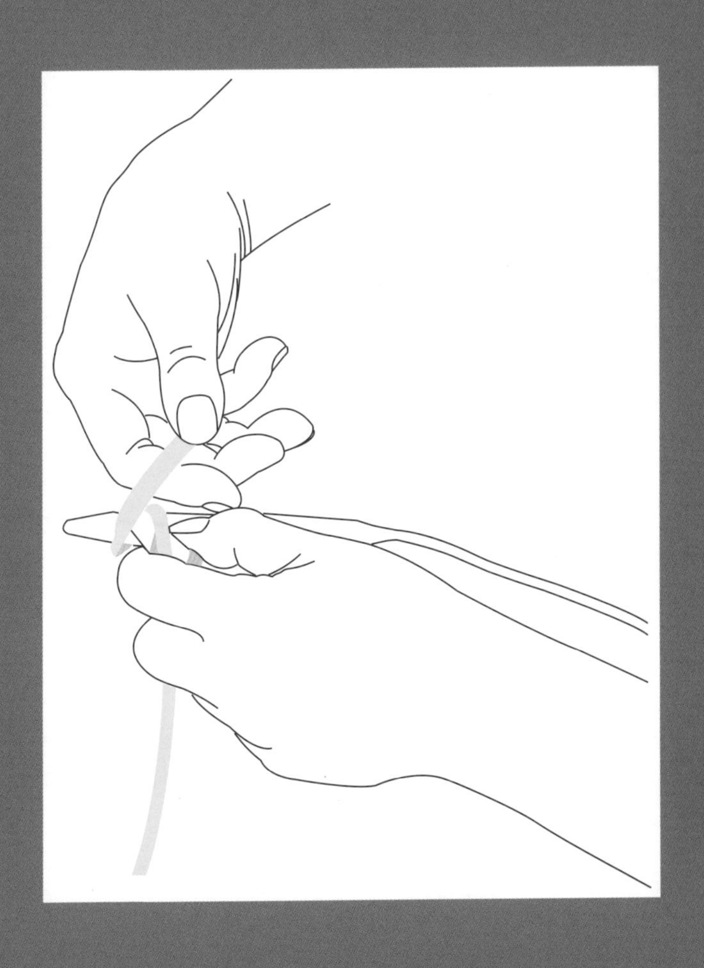

뜨개로 잊고 뜨개로 잇고

이웃에 와서 뜨개를 배우게 된 이들이 많다. 세월호 참사 피해자뿐만 아니라 자원활동가들도 이웃을 드나들며 뜨개를 접한 이들이 꽤 된다. 나 또한 이곳에서 뜨개를 배웠다. 아니, 배웠다기보다 그저 알게 되었다는 표현이 더 맞을 것 같다. 왜냐면 그만큼 이웃에서 뜨개는 물 흐르듯 자연스러운 것이었기 때문이다. 마루에 앉아 있으면 손 닿는 곳에 뜨개거리가 굴러다녔고 뜨개 법을 물어보면 능숙히 알려 줄 수 있는 이가 꼭 한 명쯤은 옆에 있었다. 이렇게 이웃에서 뜨개가 익숙하고 흔한 풍경이 된 건 오래도록 이어 온 뜨개모임 덕분이다. 매주 수요일이면 뜨개를 하는 사람들로 이웃 마루가 채워졌고 그 풍경은 7년간 꾸준히 이어졌다. 크고 작은 변화가 있었지만, 시간이 흘러도 뜨개모임 풍경은 크게 달라지지 않았다. 뜨개모임 날의 모습을 자주 사진에 담고는 했는데 5년 전 사진이나 1년 전 사진이나 크게 다른 점을 찾기 어렵다. 벽에 쭉 둘러앉아 뜨개거리를 손에 쥐고 이야기를 하는 모습은 거의 해마다 같았고 그 모습은 이웃이 문을 닫기 직전까지도 계속됐다.

이런 모습을 이야기하니 벽난로 앞에서 한가로이 뜨개를 하는 평화로운 장면을 떠올릴지도 모르겠다. 하지만 참사로 자녀를 잃고 뜨개를 하는 이들의 마음은 평화와는 거리가 멀었다. 오히려 이들의 뜨개는 격렬했다. 가느다란 뜨개실을 부여잡고 고통과

맹렬한 사투를 벌이고 있다 해도 무방할 만큼 말이다. 구태여 긴 설명을 하지 않아도 세월호 참사로 자녀를 잃은 이들의 고통이 얼마나 컸을지 짐작할 수 있을 것이다. 참사 초기에는 엄마들의 눈이 늘 부어 있고는 했다. 밤새 잠을 자지 못하고 울었기 때문이다. 붓는 정도를 넘어 눈이 짓무르는 경우도 허다했고, 종일 방바닥을 기어 다니며 가슴을 부여잡고 울부짖었다는 이야기도 흔하게 들렸다. 매일매일 반복되는 고통에 부모들은 지칠 대로 지쳐 있었다. 유가족 엄마들이 보통 아이 생각을 하다 보면 그 끝은 항상 아이의 마지막 순간에 이르게 되고, 그러면 그때부터 참혹한 고통이 시작되고는 했다. 그런데 어느 순간 뜨개를 잡고는 그날 밤을 무사히 통과할 수 있었다는 이야기들이 여기저기에서 들려왔다. 이걸 뜨고 있는 시간만큼은 잠시 잊을 수 있었다고, 잠깐은 숨을 쉴 수 있었다고 말이다. 그러면서 서로 뜨개를 권하기 시작했다. 아이 잃은 엄마들은 그야말로 맹렬히 뜨개에 몰두했다. 실과 바늘 외에는 아무것도 보이지 않는다는 듯이 말이다. 그렇게 몇 년이 흐른 뒤 뜨개가 아니었다면 살 수 없었을 거라고 말하는 엄마들의 이야기를 들었다. 밤새 이를 악물고 뜨개를 하며 버티었다고도 했고, 아이가 보고 싶어 가슴이 미어지는 순간에는 보드라운 뜨개 감촉을 느끼며 견뎠다고도 했다. 뜨개가 진통제였다고, 잠시 고통을 덜어 주는 고마운 친구 같았다고 말이다. 아이 잃은 고통에 뜨개가 무슨 만병통치약이었을 리도 없고 또 누구에게나 통하지도 않았겠지만 얼마간은 그 덕분에 견디고 버틸 수 있었으니 7년이나 함께 모여 뜨개를 이어 갈 수 있었나 보다.

이렇듯 뜨개는 예술적 즐거움이나 작품을 얻는 목적보다는 고통을 더는 수단으로의 의미가 더 컸다. 용도나 아름다움을 생각하지 않거나 도저히 못 쓸 작품을 만들어내는 사람들도 있었다. 목도리 길이가 3~4미터가 되도록 무심히 뜨고 있기도 했고, 한 뼘 넓이로 시작한 뜨개가 한 자 넘게 넓어진 것도 모르는 채 하염없이 뜨는 사람도 있었다. 또 보드라운 감촉으로 마음의 위기를 넘기는 엄마들은 한여름에도 겨울 털실을 고집했다. 아이가 보고 싶다는 말은, 얼굴을 '보고' 싶다는 것과 더불어 '만지고' 싶다는 뜻을 포함하고 있었다. 아이가 보고 싶어 매일 사진을 바라보지만, 그것으로는 헛헛한 마음이 채워지지 않았다. 아이의 살갗을 만질 수 없으니 보고 싶은 마음은 그대로일 뿐이었다. 보고 싶다는 말만큼이나 만지고 싶다는 말을 많이 했던 것도 그 때문이었을 것이다. 이런 마음들이니 뜨개의 목적이고 뭐고 그저 뜨고 있는 순간에 머물고 싶었을 것이다.

그러니 뜨개모임에 참여한 시간에 비해 유가족 엄마들의 뜨개 실력은 잘 늘지 않았다. 물론 손이 빨라 무엇이든 잘 떠 내려가는 사람도 있었지만, 대개는 더디고 느렸다. 엄마들이 뜨개질하는 모습을 보고 있자면, 뜨고 싶은 것도 없고 특별히 만들어 보고 싶은 것도 없어 보였다. 그런데도 마루가 꽉 차도록 모여 앉아 뜨개를 떴다. 뜨는 행위에 몰두해 고통을 덜거나 보드라운 감촉으로 마음을 달래고 싶을 뿐이었을 것이다. 대바늘 뜨개를 시작하면 겉뜨기를 처음 배우고, 곧이어 자연스레 안뜨기도 하게 되고 고무뜨기도 하게 되는 법이다. 하지만 이것조차 배우고 싶지도, 알고 싶지도 않은 엄마들이 있었다. 그저 단순하고 반복적으로 겉뜨기만 할 뿐 어떤 새로운 것도 시도하지 않았다. 이런 엄마를 두고는, 언제까지 직진만 할 거냐고 놀리기도 했다. 좌회전도 하고 우회전도 좀 해야지 않겠느냐고 말이다. 하지만 그 엄마는 이웃이 문을 닫을 때까지도 직진만 했다. 그럼에도 이 엄마에게 뜨개는 충실하고도 좋은 벗이었을 것이다. 뜨개로 잠시나마 고통을 잊을 수 있었으니 그것으로도 충분하지 않았겠나 싶다.

이웃의 목적에 비추어 보자면, 고통을 덜어 주었다는 점에서 뜨개는 제 역할을 충분히 한 셈이다. 그런데 뜨개는 여기에 그치지 않고 그 이상의 효과까지 발휘했다. 고통을 덜어 주는 데에도 훌륭했지만, 사람과 사람을 연결해 주는 데에도 뜨개만큼 훌륭한 매개가 없었다. 그 첫 계기는 전시였다. 7년의 기간 중 총 세 번의 뜨개 전시가 있었고, 그때마다 뜨개는 사람들의 마음을 연결해 주었다. 뜨개 전시를 본 시민들이 함께하는 마음을 전했고, 그 마음을 전해 받은 유가족은 또 다른 힘을 얻고는 했다. 당시는 단식하는 세월호 참사 유가족 앞에서 짜장면을 먹는 이들이 있던 때였다. 온 세상 사람들이 욕하는 것만 같아 유가족들은 몹시 괴로워했다. 그때 전시를 보러 온 시민들이 전하는 연대의 말들은 아이 잃은 엄마들에게 보약과도 같았다. 그리고 엄마들이 밤새도록 떠 내려간 뜨개물들은 고마운 이들에게 전해졌다. 위로를 건넸던 일가친척이나 자원활동가들에게 전달되기도 했고, 참사 소식을 보도한 기자와 마음으로 위로해 준 연예인에게 전해지기도 했다. 물에서 아이를 꺼내어 준 잠수사들에게 뜨개를 선물할 때의 모습은 지금도 잊을 수가 없다. 이후 뜨개 전시에서는 유가족 엄마들과 전국의 시민들이 함께 작품을 만들어 전시하기도 했다. 전국 곳곳의 사람들이 뜨개로 이어졌고 또 만나졌다. 뜨개로 잇는 마음은 탄탄했고 또 든든했다.

7년간 이웃에서의 뜨개는 잠시 고통을 '잊는' 것으로 쓰이기도 하고, 또 사람과 사람의 마음을 '잇는' 것으로 쓰이기도 했다. 이 기능은 참사로 아이를 잃은 엄마들에게만 발휘되었던 것이 아니라 함께 마음 아파했던 사람들이라면 누구에게나 발휘되는 것이었다. 손재주 없는 내가 오래도록 뜨개를 잡았던 것도 어쩌면 같은 이유에서일지도 모르겠다. 세월호 참사에 슬퍼했던 사람으로서의 고통, 그리고 그 고통의 한복판에 머물러야 했던 어려움을 나 또한 뜨개로 덜지 않았을까 싶다. 그리고 그들 곁에 든든히 함께하겠다는 마음을 전하려고 엄마들 옆에 딱 붙어서 못하는 뜨개를 그렇게나 붙들고 있었나 싶기도 하다. 이렇게 고마운 뜨개는 지금 이 순간에도 좋은 벗이 되어 주고 있을 거라 생각한다. 아이가 생각날 길고 긴 밤에 도닥도닥 마음을 위로해 줄 그런 따스한 벗 말이다.

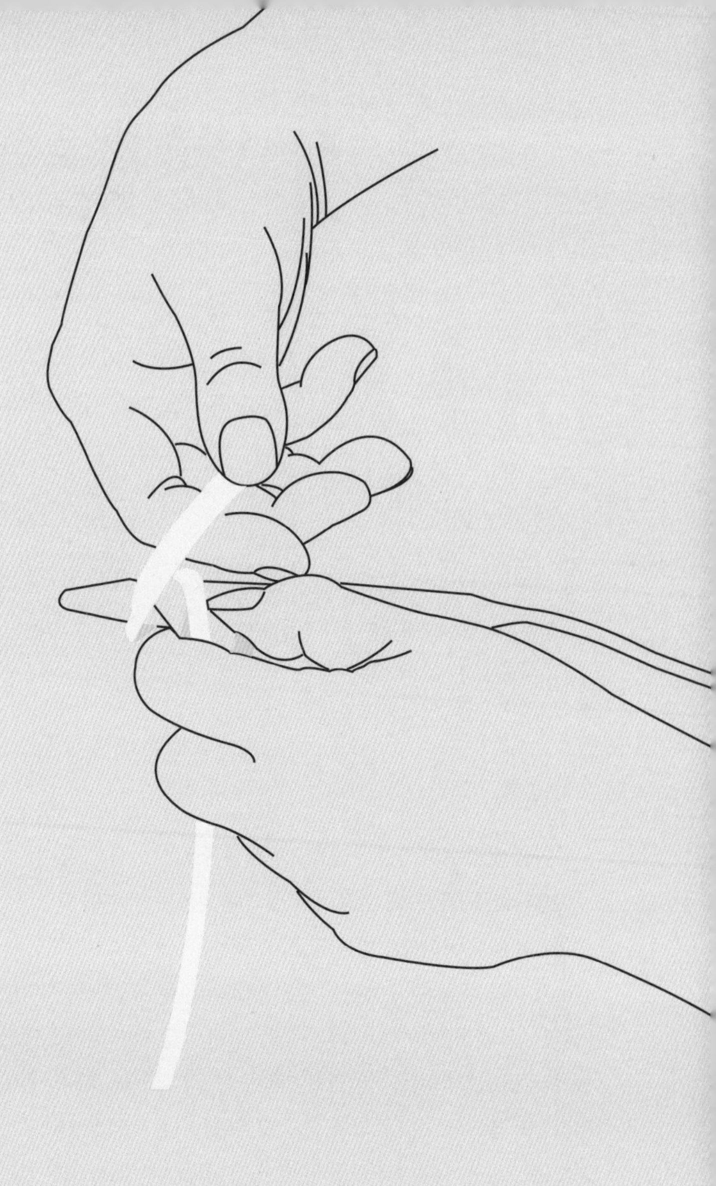

아픈 것도 쉬어 가면서

이름 | 곽정숙

나이 | 1956년생

특징 | 깐깐하고 까칠합니다.
또 많이들 안 믿지만 내성적이랍니다.

별명 | 독종, 사감, 츤데레

사는 곳 | 서울 영등포구에 삽니다.

오래도록 유치원 교사로 아이들을 돌보며 살았습니다. 퇴직 후 자원활동으로 쌍용자동차 해고 노동자 가족들을 위한 뜨개 수업을 했지요. 그러다 세월호 참사를 만나 이웃에서도 5년간 뜨개 수업을 했답니다. 지금은 치매 노인과 그 가족들을 위한 교육 강사로 활약하고 있습니다.

"아픈 것도 쉬어 가면서 아팠으면 좋겠어요."

2014년 10월, 뜨개 수업 해 주실 자원활동가 두 분이 오셨다. 두 선생님이 자매 사이라는 말에 궁금하던 차였다. 곽정숙, 곽수자 두 선생님이 이웃 문을 열고 들어온 순간 모두가 놀란 표정으로 쳐다보던 기억이 난다. 완전한 백발, 아니 은빛의 머리색을 지닌 이가 한꺼번에 둘이나 들어섰기 때문이다. 영화 〈악마는 프라다를 입는다〉의 런웨이 편집장이 들어오는 것 같았다. 그것도 두 명이나. 머리끝부터 포스가 넘치던 두 분은 사무실 직원들과 간단히 인사를 나누고는 마루 한가운

데로 뚜벅뚜벅 걸어갔다. 큰 보따리를 풀어 뜨개실이며 바늘 등을 꺼내 놓고는 아무 말 없이 뜨개질을 시작했다. 아, 역시 두 선생님은 시작이 좀 다르시구나 생각했다.

그런데 슬슬 이상했다. 십 분이 지나고, 이십 분이 지나고, 아니 삼십 분이 넘어가는데도 두 분은 계속 그렇게 뜨개질'만' 했다. 이제부터 수업을 시작한다거나, 이리 모여 보라거나 등의 말이 나와야 할 듯한데 도통 말씀이 없다. 어떻게 하실 건지 여쭤봐야 하나 어쩌나. 내가 소개를 드리고 시작을 알렸어야 하는 건가 싶어 나는 계속 마루를 서성거렸다. 하지만 내 마음과 달리 두 분의 얼굴은 담담하고 평화로웠다. 그렇게 한 시간쯤 되었을까. 엄마들 몇이 부스스 일어나서는 선생님께 실을 써도 되는지 묻고 뜨개코를 잡기 시작했다. 엄마들이 코 잡는 법을 알려 달라거나, 빠진 코를 잡아 달라 하면, 선생님은 하던 뜨개를 내려놓고 거들어 주었다. 그러고 답이 끝나면, 다시 조용히 뜨개를 했다. 하얀 머리칼로 깊은 인상을 주었던 선생님은 수업마저도 인상적이었다. 아니, 사실 수업이 맞나 싶은 생각 때문에 인상적이었다고 말하는 게 더 솔직한 마음이긴 하다. 그리고 첫날의 인상적인 이 수업은 5년 내내 같은 방식으로 이어졌다. 선생님은 늘 그렇게 마루 한가운데에 자리를 잡았고 조용히 뜨개를 했다. 물어보면 알려 주고, 설명을 마치면 다시 뜨개를 했다. 뜨개를 하는 날이면 이렇게 이렇게, 라는 경상도 억양의 작은 소리만 들릴 뿐 '수업'이라 할 만한 어떤 소리도 없었다. 5년 동안 말이다.

이쯤 되면 왜 이렇게 수업하시는지 궁금할 만도 한데, 나는 여태 이걸 물어본 적이 없다. 시간이 갈수록 그 모습이 몸에 밴 듯 자연스럽게 느껴졌기 때문이었나 보다. 이제는 좀 물어봐야겠다. 수업 아닌 듯 수업이었던 뜨개 수업을 어떤 마음으로 이끌어 가셨는지, 또 이웃 마루 한가운데에 앉아 말없이 뜨개 할 때의 마음은 무엇이었는지 말이다. 곽정숙, 곽수자 자매 중 가장 늦게까지 이웃의 뜨개 수업을 맡아 주셨던 곽정숙 선생님을 만나 작정하고 물어볼 테다. 역시 묻지 않는 한 먼저 말씀하지 않으실 테니 특별히 더 꼼꼼하게 잘 물어볼 테다!

Q. 쑥스러우시겠지만 우선 자기소개부터 해 주시죠.

A. 성깔부터 말씀드리면 좀 깐깐하고 까칠한 성격이에요. 또 내성적이고요. 나이 들면서는 그러지 말아야겠다고 생각하는데, 그래도 '이건 아니지. 이건 맞지.' 하는 마음으로 살아왔기 때문에 깐깐하고 까칠할 수밖에 없는 것 같아요.

Q. 첫 답변부터 깐깐하시네요. (웃음)
언제부터 그런 성격이라고 생각하게 되셨어요?

A. 어려서부터 그랬는데, 중학교 1학년 때 이런 일이 있었어요. 수업 시간에 선생님이 안 들어오셔서 반 친구들이 다 떠들고 막 난리가 나게 놀았어요. 그때 바로 옆 교실에 부담임 선생님이 계셨는데 갑자기 문을 열고 들어오더니 "떠든 놈 다 나와!" 이러는 거예요. 물론 안 떠든 놈이 하나도 없었죠. 그때 제가 당당하게 앞에 나갔죠. 떠들었으니까요.

Q. 아, 깐깐하다 못해 당돌한데요? (웃음)
그 뒤는 어떻게 됐나요?

A. 맞았죠. (웃음) 내가 잘못했으니 앞에 나갔고, 그래서 선생

님이 체벌했고요. 거기까지는 보통 떠오르는 그림이지요. 그런데 그 뒤에 선생님한테 제가 이렇게 말했어요. “우리 잘못이 아니에요. 선생님이 잘못한 거예요. 선생님이 부담임이고, 옆 반 수업 들어가면서 교과 선생님이 못 들어온다고 우리한테 한마디 해 줄 수 있는 거잖아요. 그런데 말 안 해 주셨잖아요. ‘내가 옆 반 수업이니까 조용히 자습해.’라고 했어야죠. 잘못은 선생님이 먼저 하신 거예요.”라고 했어요.

Q. 요즘 말로 ‘헐’이네요. 깐깐하다는 표현보다는 당돌이나 당당, 할 말은 하는 성격이라 표현해야 맞지 않을까요? 집에서도 그런 캐릭터였을까요?

A. 제가 5남매 중 넷째거든요. 우리 아버지가 셋째까지는 연필을 다 깎아 주셨어요. 근데 저부터는 안 그랬어요. 넷째면 애매한 순번이기도 했고, 내가 똑 부러지게 하지 않으면 뭐 아무것도 아닌 존재인 거죠. 제가 독자적으로 자립을 해야 하는 위치였다고 할까요. 그러다 보니 까칠하고 깐깐하고, 또 한다면 하는 그런 성격이 되었나 봐요. 별명이 독종, 사감 이런 거였거든요. 크게 어긋나지 않았다고 봐요. 이제는 인정해야 할 나이가 됐죠. 그런데 또 한편에서는 ‘츤데레’라고도 부르더라고요.

Q. 독종, 사감이라는 별명과 츤데레가 안 어울릴 것 같지만 선생님께는 정말 찰떡궁합의 별명 같습니다. 왠지 쌍용차 해고 노동자, 세월호 참사 유가족과 함께한 시간을 잘 설명해 주는 것 같거든요. 먼저, 쌍용차 해고

노동자들을 위한 자원활동에는 어떻게 참여하시게 된 건가요?

A. 언니가 갱년기를 겪으면서 좀 힘들었는데 절에 가서 법문을 듣고 마음이 편안해졌다고 하더라고요. 나보고도 한번 와 보겠냐고 해서 가게 됐죠. 그때 남편이랑 같이 갔는데 그 절이 봉은사였어요. 그곳 스님이 사회활동 많이 하시는 명진 스님이었고요. 거기서 경전 공부도 하고 활동하다가 쌍용차 해고자들 상황을 알게 됐어요. 그때 스님이 "쓸데없이 절에다가 돈 내고 하지 마라. 돈 필요한 사람한테 가서 돕는 게 불자다."라고 자주 말씀하셨어요. 그래서 쌍용차 해고자들 도우러 평택에 가게 됐죠. 거기 가서 뭘 하겠다 정하지도 않고 그냥 갔어요. 제가 오랫동안 해 온 일이 유치원 선생님이었으니 가서 아이들하고 놀아 주든지 해야겠다 하고 갔죠. 그런데 가서는 언니랑 저랑 잘하던 뜨개질을 하게 됐고 엄마들이 모이게 되면서 수년을 하게 된 거죠.

Q. 유치원 교사를 하셨다니, 선생님께 안 어울리는 듯 또 잘 어울리는 것 같아요. 유치원 교사는 얼마나 하신 거예요?

A. 대학 입시 때 교육학과를 지원했거든요. 그런데 서울 가서 입학 면접을 보는데 교육학과에 왜 지원했냐고 물어봐서 제가 "저도 그렇고 주변에서도 아~들하고 지내는 게 좋겠다는 말을 많이 들었습니다."라고 말했거든요. '애들'이랑 지내는 게 좋다는 말을 하려던 거였는데 그걸 사투리로 말하니 유아로 인식했나 봐요. 그래서 2지망인 유아교육과를 가게 됐어요. (웃음) 그 이후

1990년대 말까지 유치원 교사, 원장을 하면서 살았죠.

누군가를 가르쳐 본 적이 있는 사람은 잘 알 거다. 그게 얼마나 어려운 일인지. 그나마 잘하는 사람을 가르치기는 좀 낫지만 그 반대의 경우는 정말 힘이 든다는 걸. 이웃의 뜨개 수업은 뜨개를 조금도 할 줄 모르는 사람이 대부분이었으니 그 어려움의 정도는 최상급이라 할 만했다. 게다가 뜨개는 손으로 익히는 것이라 반복해서 물어보는 일이 많았고 한 사람이 열 번 넘게 같은 걸 물어보는 일도 흔했다. 그런데 그때마다 선생님은 그이가 처음 물어보는 듯이 질문을 들었고, 같은 방법을 천천히 알려 주었다. 그냥 이렇게 하세요 하면서 후다닥 보여 주는 게 아니라, 바늘을 찌르고 감고 돌리고 빼 주고의 단계를 세분화하여 설명하는데 그 방법이 가히 혀를 내두를 만했다. 그 모습을 꽤 여러 번 감탄하며 지켜보다가, 선생님은 어떻게 매번 단계를 잘라서 그렇게 차근차근 설명할 수 있냐고 물어본 적이 있다. 그때마다 그래요? 하고 웃기만 하셨다. 그러다 언젠가 유치원 선생님이었다는 말을 듣고는 무릎을 쳤던 일이 생각난다.

Q. 꽤 오래도록 유치원 교사로 일하셨다고 들었는데 뜨개질은 언제 그렇게 배우셨어요?

A. 저는 뜨개질을 전혀 해 본 적이 없어요. 학교 숙제로 해야 하는 뜨개질도 언니(곽수자)가 다 해 줬어요. 수놓는 거, 뜨개질 이런 숙제는 언니가 다 해 줬기 때문에 그건 내가 하는 게 아닌 줄 알았어요. 근데 나이 들어서 자매들끼리 취미 겸, 놀이방 겸 동네에 뜨개방을 내게 된 일이 있었거든요. 뭔가 새로운 걸 자매들이

놀면서 재미있게 해 보려고 시작한 거예요. 그런데 막상 뜨개방을 열고 보니까 사람들이 너무 많은 거예요. 손님들이 너무 많다 보니까 나도 도와야 할 일이 생긴 거죠. 그래서 언니가 가르치는 걸 어깨너머로 보면서 배웠죠. 워낙에 손으로 하는 건 좀 감각이 있었어요. 그렇게 배워서 언니 손이 바쁠 때는 같이 가르치고 그랬어요.

Q. 선생님의 선생님이 곽수자 선생님이군요. (웃음) 뜨개방에서 뜨개를 가르치는 것과 '와락'에서의 그것은 많이 달랐을 것 같은데, 쌍용차 해고 노동자들과의 뜨개 모임 풍경은 어땠나요?

A. 처음에는 말도 안 하고 그냥 가르쳐 주는 대로 다들 열심히 뜨기만 했어요. 틀리면 풀고, 풀었다가 떴다가 이러고요. 말없이 울기도 하고요. 나중에는 남편 욕도 하고 걱정도 하고 그러더라고요. 아이 걱정도 하고. 같이 웃고 얘기하고, 또 울기도 같이 울고 그랬죠. 그분들이 남편 욕하면 우리도 남편 욕하고 그러면서 지냈어요. 그때 거기서 상담하시던 정혜신 선생님이, 뜨개가 진통제라고 하더라고요. 상담하는 분들 중 뜨개에 참여하는 엄마들이 훨씬 빠른 변화가 있다고요. 그렇게 평택 와락에 매주 한 번씩 가다가 세월호 참사가 났어요.

Q. 혹시 그날, 2014년 4월 16일 세월호 참사 당일을 기억하세요?

A. 제가 살면서 텔레비전에 들어갈 정도로 집중해서 봤던 게

몇 번 있어요. 삼풍백화점 사고, 9·11, 그리고 세월호 참사요. 모두 일시에 사람들이 사망한 사건이죠. 정말 텔레비전 앞을 떠날 수가 없었어요. 오로지 그냥 아무 생각 없이 그냥 빨려 들어간 거 같아요. 매스컴에서 계속 나왔잖아요. 늘 거기서 관심이 떠나지는 않았지만 뭘 해야지 하는 생각은 못 했어요. 그리고 언니랑 제가 와락에 매주 가던 때라 더 그랬던 것 같아요. 사실 거기 다니는 것도 쉬운 일은 아니었어요. 그래서 세월호 참사에서까지 뭘 할 수 있을 거라는 생각은 못 했어요. 그리고 무서웠어요. 그 엄마들을 만나는 게 무서웠어요.

Q. 너무 큰 슬픔이어서 많은 분들이 그런 맘이었던 것 같아요. 그럼, 그때 정혜신 선생님이 이웃에 와서 도와줬으면 좋겠다고 연락했을 때 어떻게 대답하셨어요?

A. 바로 간다 했죠. 바로.

Q. 의외의 답변이네요. 무섭다고 하셔서 바로 답하지 못하셨겠다고 예상했거든요.

A. 상황은 다르지만 자식을 잃는다는 게 어떤 아픔이라는 걸 조금은 알죠. 아니까 오히려 그곳에 가는 걸 제안받기 전에는 생각도 못 했던 것 같아요. 그 엄마들이 어떨까 상상이 가기도 하고, 그 마음을 다른 사람들보다는 더 헤아릴 수 있을 것 같으니 더 겁나기도 했고요. 이웃에 와 달라는 전화를 받고 언니한테 연락했어요. 혼자는 벅차서요. 저는 운전해서 갈 수 있으니 모시고 가면 되니까요. 언니가 마음만 있으면 같이 가면 되잖아요. 그래서 연

락했더니 냉큼 가겠다고 하더군요.

Q. 막상 이웃에 가니 어떠시던가요?

A. 딱 들어갔는데 정말 숨이 막힐 정도로 사람이 많았어요. 거기 마루가 꽉 찼었거든요. 그리고 엄청 무거운 분위기였어요. 누구 하나 말하는 사람이 없었어요. 아무도 말을 안 했거든요. 무슨 말을 하겠어요. 우리도 아무 말 안 했어요. 이런 분위기일 거라는 건 충분히 짐작은 하고 있었죠. 상황이 다르기는 하지만 와락 엄마들도 그랬거든요. 와락에서 뜨개 할 때 보면, 말 안 하고 있다가 갑자기 누가 울면 다들 같이 울고 그랬어요. 말을 할 때도 우리한테는 안 했죠. 자기네들끼리 넋두리하듯 이야기하지, 우리랑은 말을 잘 안 섞었거든요. 둘러앉아서 뜨개질을 하면서도 그랬어요. 그래도 우리는 아무렇지도 않았어요. 그냥 앉아 있는 거죠. 우리가 할 일은 그것밖에 없었거든요. 그래서 와락과는 다른 경우이지만 비슷한 상황일 거라 짐작하고 있었어요.

쌍용차 해고 사태 이후 해고 당사자와 그 가족들의 자살 소식이 이어졌다. 그 수가 몇십 명에 이르렀다. 내 남편이, 또는 가족처럼 가깝게 지내던 이들이 갑자기 사라지면 어떤 마음일까. 게다가 이들의 마음은 해고로 인한 생활고, 끝을 알 수 없는 싸움에 이미 지칠 대로 지친 상태였다. 간신히 버티는 중에 연신 날아오는 죽음의 소식을 감당하기가 쉽지 않았을 거다. 안개처럼 가득 퍼졌을 절망과 불안을 상상하니 마음이 무겁다. 이웃의 마루에도 그런 뿌연 안개가 가득했었다. 그때를 떠올리니 아무 말 없이 뜨개를 하던 선생님의 마음을 알 것만 같다.

Q. 그럼, 이웃에 방문하신 첫날부터 바로 엄마들과 뜨개를 하신 거예요?

A. 그렇죠. 급한 대로 몇 가지 실을 주섬주섬 가져갔어요. 실들을 고를 수 있게요. 이런저런 재료들도 준비해 갔죠. 근데 그때는 엄마들 눈에 실도 들어오지 않았을 거고요. 실을 주면 쥐여 주는 대로, 손에 잡히면 잡히는 대로 그냥 뜨더라고요. 틀리면 풀고 또 뜨고. 말없이 그냥 그렇게 계속이요.

Q. 처음 이웃에서 뜨개 수업하실 때 어떤 점이 특히 눈에 띄셨는지요?

A. 실을 고르라고 했더니 엄마들이 손에 쥔 실들이 다 검은색이었어요. 그거 아니면 비슷한 어두운색이었죠. 그러니까 대부분 다 시커먼 밤색, 회색, 쥐색 이런 걸 들고서 떴어요. 다들 말없이 떴죠. 아무도 말 안 하고 조용히 뜨개질만…. 엄마들끼리도 말을 안 하더라고요. 그냥 오로지 뜨개만 하면서 가끔 나갔다 들어왔다 하고 그러셨죠. 서로 말을 안 섞었으니까요. 또 OO 엄마 같은 경우는 뜨개질 못하는 사람이니까 목도리 떠 보라고 코 몇 개 잡아 줬는데 결국 늘어나서 이만하게 되어 있는 거예요. 그런데도 그냥 계속 뜨는 거죠. 이게 뭐가 됐는지도 상관없고, 뭐 틀렸는지 어쨌는지 코가 빠졌는지 상관없이 그냥 뜨는 거죠.

정말 그렇게 아무도 말하지 않고, 아무도 소리 내지 않고, 서로를 보지 않는 채로 뜨개만 하던 때가 있었다. 얼마나 오랫동안 그랬는지는 잘 기억나지 않는다. 넓은 이웃 마루에 사람들이 가득 차 있었지만

아무도 없는 듯 조용했다. 무거웠고 침울했다. 침묵을 손으로 만질 수 있을 것만 같던 그 질감을 잊을 수가 없다. 들릴 수 없는 소리임에 분명하지만, 그때 나는 마루에서 뜨개질 소리만 들린다고 생각했다. 사실은 정말 그렇게 들렸다. 두 개의 대바늘이 서로 맞닿을 때마다 나는 서걱서걱하는 소리 말이다.

Q. 그런 모습들을 보시면서 어떠셨어요?

A. 우리는 거기 하나도 개입하지 않았어요. 한참 지난 어느 날엔가 정혜신 선생님이 방 안에 있다가 놀라서 뛰어나왔어요. 안에서 들으니 마루에서 누군가가 이야기를 하면서 막 웃었나 봐요. 웃음소리가 나니까 놀라서 나온 거예요. 우리도 자연스럽게 그렇게 된 거라 몰랐죠. 그렇게 어느 날부턴가 이야기들을 하게 된 것 같아요. 남편 욕하면서 이놈의 인간이 어쩌고저쩌고… 뜨개질하고 있으니 누가 들어오고 나가는지도 모르고 밤을 꼴딱 새웠다고도 하고. 그런 얘기들을 하면서 까르르 웃기도 하고요. 마음이 열리기 시작하니까 우리 애가 그랬다, 누구 애가 그랬다 하면서 같이 울고. 이후 그게 계속 반복됐죠. 실 색깔도 평소처럼 자기가 좋아하던 색깔로 돌아가기 시작했고요.

Q. 그걸 알아챈 순간은 되게 느낌이 달랐을 것 같아요.

A. 근데 우리는 그래도 모르는 척해요. 아무렇지도 않은 척하죠.

언제부터인지 뜨개질하던 이웃 마루에서 침묵이 사라지고 소리

가 채워지기 시작했다. 웃음소리, 울음소리, 그리고 다양한 화제의 이야기들이 오고 갔다. 왁자지껄 웃다가도 흐느껴 울고, 또 어느 순간 정적이 흐른 채로 모두가 뜨개에만 몰두하는 순간이 파도처럼 왔다가 갔다. 가끔은 흠칫 놀랄 만한 흐느낌이 터지기도 하고, 누구나 돌아볼 만한 큰 웃음소리가 나기도 했다. 하지만 그때에도 뜨개 선생님은 아무렇지 않았다. 뜨개를 하는 선생님의 손놀림 속도는 그 순간에도 동일했다. 선생님은 늘 이렇게 아무렇지도 않은 것 같았다. 아무 일도 일어나지 않았다는 듯이 말이다. 그런 선생님 덕분에 더 크게 울고, 더 크게 웃을 수 있었던 게 아닐까 싶다. 큰 울음도 정적과 다를 바 없이 대하고, 큰 웃음도 역시 정적과 다를 바 없이 대해 주었으니 무엇이든 괜찮지 않았을까.

Q. 꾸준히 모르는 척, 아무렇지 않은 척이셨네요. (웃음) 짐작으로는 그러기 쉽지 않았을 거 같은데요. 아무렇지도 않은 척하기도 쉽지 않고, 또 변화 없는 것처럼 느껴지는 상황도 역시 쉽지 않았을 거 같은데요.

A. 아무렇지 않은 척하면서도 안도감이 들죠. 그래도 달라지는 걸 아니까요. 와락 때도 그랬거든요. 그때도 조금씩 색깔들이 어두웠어요. 그래서 나중에는 일부러 엄마들이 어두운 것만 선택하는 상황을 피하게 만들었어요. 우리가 가지고 있는 실이 이런 것뿐이다. 그러니 이 실로 한번 떠 봐라, 하고요. 또 엄마들이 욕심내고 싶어 할 만한 걸 일부러 준비하기도 했어요. 캐시미어라든지 그런 거요. 이거 되게 좋은 실이라고 말하면서요. 캐시미어는 대부분 다 아니까요. 그리고 그런 거 모르는 사람한테도 좋은 걸

로 하나 떠 보라고 하면서 색깔을 자꾸 바꾸는 거예요. 그런 걸 경험을 해 봤기 때문에 알았죠. 그렇게 자기 자신으로 돌아오는 걸 알고 있었기 때문에 믿고 있었어요. 하지만 색깔이 많이 밝아지는 데 꽤 시간이 걸렸어요. 어떤 엄마의 경우는 딸이 좋아하는 색상에만 집착하기도 했고요. 4·16 상징이 노란색이니까 줄곧 노란색에만 매달리는 분도 계셨죠. 진노랑, 연한 노란색 같은 것들만 찾았죠. 그런데 뜨개질뿐만이 아니라 이웃이라는 곳 자체가 사람들을 무장해제시키는 힘이 있었던 것 같아요. 밥상부터가 그렇죠. 어느 하나의 역할보다는 밥상, 생일모임, 뜨개, 또 마사지…. 와서 도와주시는 이런 하나하나가 다 합쳐져서 시너지가 나왔을 거예요. 뭐 하나만 가지고 한다는 건 상상도 할 수 없는 일이죠.

Q. 선생님이 뜨개 수업을 하고 계신 동안에 전시가 몇 차례 있었네요. 그냥 뜨개 수업을 하시는 것과 뜨개 전시는 또 달랐을 거 같은데 어떠셨는지요?

A. 2017년에 첫 뜨개 전시를 했던 것 같은데, 제 기억에 처음에는 엄마들이 크게 적극적이지는 않았어요. 이웃에서 같이 만들어 보자고 하니까 크게 내키지 않아도 거부할 수는 없잖아요. 그동안 함께해 온 것에 대한 답례 비슷하게 참여하신 것도 없지 않았을 거예요. 그걸 이웃에서도 잘 알고 있었고요. 뜨개도 뜨개지만 전시 과정에서 엄마들이 앞에 나서서 인터뷰도 하고 말해야 하는 것도 있었거든요. 그게 조금 망설여지고 그랬겠죠. 그런데 이제 엄마들이 아프다는 걸 얘기해야 할 필요도 있고, 세월호 참사에 대해서 같이 아파했던 분들도 많고 하니까 같이 심정을 나

누는 자리도 있어야 한다는 말들도 했죠. 안산에만 있고 그러니 엄마들이 많이 무서웠을 수도 있어요. 세월호 참사에 대해서 이상하게 말하는 사람들도 있으니까요. 주저하고 망설이는 마음도 있었겠지만 그래도 하고 난 뒤에는 잘했다 하는 생각을 많이 하신 거 같아요. 그게 계기가 돼서 엄마들이 좀 더 마음이 편해졌던 것 같더라고요.

Q. 아무래도 세월호 참사 피해자들이 하는 것이니까 당시 세월호 참사 투쟁 상황이라든가 여론 등이 중요하게 고려되었겠어요. 그런데 무엇보다도 뜨개 전시에서는 뜨개 작품이 제일 중요하잖아요. 그 점에서는 어떤 생각이셨어요?

A. 어… 할 수 있을까? (웃음) 생각했죠. 말하자면 전시 준비는 목도리 뜨다가 이불 뜨는 거랑 같은 거니까요. (웃음) 전시를 하기에는 아직 부족한 거예요. 세월호라는 걸로 포커스가 맞춰져 있지만 그래도 뜨개 전시니까 뭔가 보여 주는 게 있어야 하잖아요. 이게 가능할까? 하는 생각을 했죠. 근데 뭐 전시장에 와서 '오른쪽 섭이랑 왼쪽 섭이 틀렸네' 하는 그런 사람은 없을 거잖아요. 그냥 그 자체로 받아들이죠. 이 엄마들이 어떤 마음으로 떴고, 또 어떤 사람에게 주고 싶어서 떴는지 그런 마음을 전달하는 전시회잖아요. 뜨개 자체가 아니라요. 뜨개는 그냥 매개였던 거죠. 그래서 좋은 결과가 나왔던 것 같아요. 또 준비할 때는 거기에 엄마들이 매달리다 보니까 어쨌든 많이 잊을 수 있는 시간이었어요. 진짜 많이 준비했죠.

뜨개 전시를 해 보자는 말을 처음 꺼냈을 때 곽 선생님은 아무 대답도 하지 않았다. 한참 뒤에 나온 선생님의 답은 "할 수 있겠어요?"였다. 사실 그렇게 말씀하실 만한 상황이긴 했다. 뜨개를 시작한 지 2년이 다 되어 갔지만 특별한 목적 없이 그저 뜨는 행위에만 몰두하는 분들이 여전히 많았고, 몇몇을 제외한 엄마들 대부분의 뜨개 실력은 다 고만고만했다. 뭘 만들고 싶어서가 아니라 고통스러운 마음을 다잡기 위해 뜨개를 하니 특별히 실력이 늘 일이 없었던 탓이다. 그런데도 우리는 뜨개 전시를 하고 싶었다. 몇 미터가 되는지도 모르게 하염없이 대바늘을 움직이며 뜨기만 하는 세월호 유가족 엄마들의 애절한 마음을 사람들과 나누고 싶었고, 뜨개를 매개로 엄마들과 시민들이 한자리에서 만났으면 싶었다. 딱 그 마음이었다. 웃는 건지 당황한 건지 잘 모르겠는 표정으로 할 수 있겠냐고 묻던 뜨개 선생님도 그 마음은 같았을 것이다. 뜨개 전시 이야기가 나오자마자 온갖 뜨개 관련 잡지와 도안을 보여 주며 아이디어를 나누었으니 말이다.

Q. 이웃에는 5년 동안이나 뜨개 지도하러 오셨네요. 긴 시간이에요. 함께한 유가족들께 전하고픈 말이나 마음이 있으실지요?

A. 언니나 저나 비슷한 마음이었던 것 같아요. 그 아픈 마음 어디 가겠나 하는 거요. 그 아픔을 잊을 수는 없을 거예요, 평생. 평생 잊을 수 없고 또 평생 슬플 거잖아요. 그런데 조금 쉬어 가면서 아팠으면 좋겠다 싶어요. 언니랑 그런 얘기 많이 했어요. 아픈 것도 쉬어 가면서 아팠으면 좋겠어요. 뜨개 하는 동안이라도요. 엄마들도 그러지 않았을까 싶어요. 그때 거기 오는 엄마들 중에

가끔 몸도 마음도 못 가누는 분들 계셨거든요. 그 엄마들도 아무렇지도 않게 대했어요. 그럴 수 있잖아요. 충분히 그럴 수 있잖아요. 근데 조금 쉬어 가면 좋겠다 하는 그런 생각으로 뜨개에 갔었어요. 그래서 그런지 할 일을 찾아 떠난 엄마들이 있을 때 제일 좋았어요. 그게 참 좋았어요. 꼭 직업이 아니어도 누구를 돌보러 간다고 하신 분도 있었고요. 또 자기 사업을 한다는 분, 장사한다는 분도 있었고요. 이런 일로 떠나실 때 저는 제일 좋았어요. 고마웠고요.

각자의 일로 더 이상 이웃 뜨개 수업에 못 나오게 되는 엄마들이 종종 있었다. 일을 다시 시작하는 경우가 많았고, 이사 가게 되거나 가족을 돌보러 가는 경우도 더러 있었다. 그럴 때면 앞으로 볼 수 없다는 게 서운하고 슬펐다. 그리고 뭐라 설명할 수 없는 묘한 느낌이 스치고는 했다. 새로운 일, 새로운 공간에서 무언가 하고 있을 엄마들의 모습을 상상하면 나도 모르겠는 눈물이 맺히는데 그 기분이 뭔지 늘 설명하기가 어려웠다. 엄마들이 떠날 때 '제일 좋았다'는 선생님의 표현에 나의 이런 마음이 살짝 포개어진다.

Q. 뜨개 선생님이 아닌, 지금의 곽정숙 선생님은 어떤 삶을 살고 계신지요?

A. 제가 까칠하고 깐깐하긴 하지만 가르치는 걸 되게 좋아해요. 나를 보는 사람들이 그렇게 느끼기도 하고 제가 생각해도 그렇고요. 지금 치매 어르신들 가르치는 강사로 일하는데 되게 행복하고 즐거워요. 제가 친구들 모임이든 어디서든 노래를 안 해

요. 못해요. 유치원 교사였으니 제가 아는 노래는 동요밖에 없어요. 그래서 노래방 비용은 내가 다 낼 테니, 노래 시키지 말라고 하거든요. 그러는 제가 어르신들 앞에 가면 춤추고 노래해요. 어르신들한테 사랑의 총알도 막 쏴 주고 그러면서요. (웃음) 우리 집 식구들은 상상도 못 할 거예요. 저도 참 모르겠는 게 거기서는 그게 그냥 돼요. 참 모를 일이죠.

첫 질문에도, 또 마지막 질문에도 선생님은 깐깐함과 까칠함을 말씀하시네. 아, 정말이지 그런 분이기는 하다. 깐깐하고 정확하고 빈틈없기가 찔러도 피 한 방울 안 나올 수준이라고나 할까. 얼마나 깐깐하고 까칠한지 5년 동안 단 한 푼의 강사비도 받지 않던 분이다. 어쩌다 기관의 지원을 받게 되어 강사비를 책정하려 해도 씨알도 안 먹히던 분이다. 남은 조각실이 흔한 곳임에도 십 원까지 정확히 계산해서 값을 치르고야 한두 알의 실을 가져가는 분이다. 게다가 약속에는 얼마나 깐깐하고 까칠한지 비가 오나 눈이 오나 5년 동안 거르지 않고 무거운 가방을 이고 지고 이웃에 왔던 분이다. 세상 돌아가는 일에도 얼마나 깐깐하고 까칠한지 해고 사태부터 세월호 참사까지 그러면 안 되는 일들마다 따박따박 따지며 여기까지 같이 온 분이다. 정말이지 깐깐하고 까칠하기로는 세상 둘째가라면 서러울 분이다. 그런데 이런 깐깐함이면 나도 좀 같이 깐깐해지고 싶다. 이런 까칠함이면 모두가 좀 까칠해도 되지 싶다. 지켜야 할 일에, 해야 할 일에, 당연히 그래야 할 일들에 깐깐하고 까칠해져야 다시는 세월호 참사 같은 일이 일어나지 않겠지.

쓰다 보니 또 문득 그립다. 꽤 오래도록 보지 못한 선생님의 그 깐깐하고 까칠한 모습이. 계산기를 두들기며 필요한 뜨개실 양을 계산하던 모습, 애매하게 남은 실들까지 남김없이 쓰려고 어린이 덧버선을 후딱 만들어 선물하던 모습, 비엔나 소시지도 딱 두 알만 먹을 거라며 나머지는 덜어내는 모습도 모두 그립다. 아, 그런데! 까칠한 우리 선생님이 노래라니, 춤이라니. 세상에, 사랑의 총알이라니!

신발을 벗는다는 것

이름 | 엄원주

나이 | 1974년생

취미 | 소설 읽기와 여행을 즐깁니다.
특히 걷는 여행을 좋아하지요.

별명 | 바람꽃(언 땅을 딛고 처음 싹을 피우는 꽃)

사는 곳 : 성남

성남에 사는 아이 둘의 엄마입니다. 세월호 참사에 마음이 아파 힘들어하다가 이웃에서 6년간 자원활동을 했지요. 돌아보니 설거지부터 이것저것 많은 일을 해 왔네요. 지금은 사회적참사특별조사위원회에서 일하고 있습니다.

"견디고 나오는 것들이 좋아요. 뭔가 나오기 위해서는 견뎌야 하잖아요. 저는 그걸 잘 못 해요. 저에게 약한 부분이에요."

이웃에 오는 자원활동가들이 흔히 하는 말이다. 엄원주도 예외가 아니다. 하지만 이 말을 하는 엄원주는 꼬박 6년 동안 매주 빠지지 않고 이웃 자원활동을 한 이다. 1년도 아니고, 2년도 아니고 무려 만 6년이다. 6년간 성실히 자원활동을 해낸 사람이 견디는 걸 못 한다니, 이게 말이 되나. 이쯤 되니 정말이지 엄원주의 생각이 궁금하다. 견디는 걸 잘 못 한다는 건 뭘 두고 하는 말일까? 얼마만큼이면 견디는 것일까?

설마 뜨개를 못하는 게 마음에 걸리는 걸까?

오래된 자원활동가들은 거의 뜨개를 한다. 늘 뜨개 하는 사람을 보게 되고 손 닿을 곳에 뜨개실이 있으니 자연스레 손이 가고 그렇게 뜨개를 배운다. 재주가 좋으나 나쁘나 어지간히들 뜬다, 엄원주만 빼고. 곰손인 나도 하는 그 흔한 뜨개를 엄원주는 못한다. 아니, 엄원주'만' 못한다. 그런데 기이하게도 뜨개 전시를 기획하고 만들어 가는 일, 뜨개 활동이 유가족에게 미치는 영향을 연구하는 일에 엄원주가 늘 함께했다.

Q. 첫 질문부터 너무 무거울까 걱정이지만 그날을 여쭈어볼게요. 2014년 4월 16일 세월호 참사 소식을 어떻게 알게 되셨나요?

A. 그냥 평범한 보통날이었어요. 아침에 남편 출근하고 큰아이 등원 준비하면서 라디오를 켜 놨죠. 뉴스에서 수학여행 가는 여객선이 좌초됐다고 하더라고요. 아휴, 수학여행 망쳤네. 저것들 또 평생 얼마나 무용담을 늘어놓으며 살까 하는 생각을 했어요. 전원 구조됐다고 했으니까요. 그런데 큰아이 등원시키고 돌아오는 길에 들은 뉴스에서 첫 사망자 소식을 들었어요. 뭔가 느낌이 이상했어요. 그때부터 집에서 뉴스를 계속 봤죠.

Q. 모두에게 그렇듯 평범한 일상에 불쑥 들어온 소식이었네요. 그 이후 어떠셨어요?

A. 둘째가 그때 막 돌 지나서 18개월쯤 됐을 때였어요. 그냥 계속 애를 안고 울었어요. 몇 달 동안을 그랬어요. 아이를 토닥거리면서 계속 우는 거예요. 저도 울고 애도 울고. 아무것도 할 수 없고

두려웠어요. 아이들 시신이 매일 올라오는 과정이 너무 고통스럽더라고요. 근데 내 아이는 돌봐야 하고 제가 할 수 있는 게 없는 거예요. 그나마 동네 엄마들이 모인 카페에서 이런저런 소식을 접해서 조금씩 참여만 했어요. 근처에서 서명대를 보면 서명하고, 리본 주면 같이 달고요. 추모제 한다는 소식 올라오면 동참하는 정도였죠.

Q. 그런 소식을 접한다고 누구나 함께하지는 않잖아요. 18개월 어린아이 돌보면서 참여하는 것이 보통 일은 아니니까요.

A. 너무 힘들어서 그랬던 거 같아요. 그냥 가만히 있기가 너무 힘드니까요. 뭐라도 해야지 내가 좀 버틸 수 있을 것 같았어요. 아무것도 안 하면 정말 내가 죽인 것 같은 느낌이 너무 강하게 들었어요. 어찌 보면 나를 위해서였던 거죠.

Q. 당시에 많은 어른들의 마음속에 '미안하다'는 말이 한가득 있었죠. 물론 지금도 그렇지만요. 엄원주 선생님의 마음도 그렇지 않았을까 싶네요. 그 미안한 마음이 이어져 이웃까지 가시게 된 걸까요?

A. 이웃은 개소할 때부터 알고는 있었어요. 동네 온라인 맘카페 일부 회원들이 이웃에 봉사활동 다녀와서 올린 글들을 봤거든요. 나도 한번 가야지 생각했지만 둘째 아이 때문에 갈 수가 없었어요. 처음에는 애를 데리고 가 보려고도 했어요. 근데 아이가 엄마 붙잡고 떼쓰고 우는 모습을 아이 잃은 부모들이 보면 어떨까

생각하니 안 되겠더라고요. 너무 힘들겠구나 싶었어요. 그래서 둘째 아이가 어린이집 가고서야 들르게 됐어요. 2015년 5월에야 간 거예요.

Q. 그럼, 2015년 5월 둘째 아이 어린이집 등원 이후부터 최근까지 계속 이웃에서 활동하셨네요. 굉장히 깁니다.

A. 그렇죠. 그 후로 6년 동안 매주 목요일에 갔어요. 나중에는 수요일이 바쁘다고 해서 그날 갔죠.

Q. 대개는 어김없이 청소하고 밥하셨는데, 선생님은 주로 어떤 일을 하셨나요?

A. 실장님이 파 다듬어 달라 하면 파 다듬고, 이거 썰어 달라 하면 썰고 그랬죠. 근데요, 제가 이웃에 오래 갔기 때문에 제가 일을 못한다는 걸 다들 알아요. 맨날 손 베고 데이고 그랬거든요. 나중에는 '안 돼, 안 돼. 손 다쳐.' 하면서 하지 말라고 하시죠. 그래도 처음 2~3년은 계속 청소하고 밥하고 설거지하고 그것만 했어요. 지금도 좀 그렇지만 그때는 유가족 어머님들하고 얘기하거나 눈 마주치기가 힘들었거든요. 갈 때마다 두려웠어요. 그나마 실장님이 일을 많이 주셔서 다행이었죠.

Q. 본인이 생각해도 일을 못하는데 정말 오래 버티셨네요. (웃음) 그 후 부엌일 외에 하신 일이 많으셨다 들었어요. 어떤 건가요?

A. 대표님이 주민 공모 사업으로 무슨 연구 과제를 받아 온

게 있었어요. 유가족 어머님들이 하는 뜨개 프로그램에 관한 연구였어요. 뜨개 프로그램 참여와 치유의 관계에 대한 거였죠. 도와줄 수 있겠냐고 해서 같이 하게 됐어요. 어머니들 몇 분 인터뷰하고 녹취를 푸는 일이었어요.

엄원주와 함께한 연구의 제목은 '세월호 참사 유가족의 공동체 회복 프로그램 경험 연구'였다. 이름은 거창하지만 실상은 소박한 연구였다. 이웃이 오래도록 뜨개 프로그램을 해 왔고 참여자도 많았던 터라 그 효과와 의미가 어떨지 궁금했었다. 누군가 이 과정을 좀 연구해 주면 안 될까? 하는 바람을 갖던 중 연구를 지원하는 공모 사업을 만나게 되었다. 전문가가 아닌 이들이 스스로 연구할 수 있도록 하는 돕는 공모 사업으로, 주제에 맞는 연구 방법도 지도해 주고 비용까지 지원해 주었다. 우리 중 누구도 연구 전문가가 없었지만 왠지 할 수 있을 것 같았다. 그래서 덜컥 시작했던 일이다.

연구 시작 전에 결과를 예측하거나 미리 산정해 두면 안 된다는 주의를 교육 과정에서 여러 차례 들었지만 내심 기대하는 바가 컸다. 특히 뜨개 프로그램은 지역 내 이런저런 프로그램 중 좋은 반응이 많았기 때문에, 지금 생각하면 부끄럽지만 속으로 당연히 좋은 결과가 나올 거라 생각하고 있었다. 분명 뜨개 프로그램이 세월호 참사 피해자들의 치유에 큰 효과가 있을 거라고 확신했다. 그걸 연구에 담아서 많은 이들에게 보여 주고 싶다는 음흉한 사심을 제어할 수가 없었다.

Q. 이웃에서 연구도 하셨다니 의외인데요. 어떤 결과가 나왔을지 벌써부터 궁금하네요.

A. 예상했던 바와 결과가 달랐어요. 말하자면 결론이, 뜨개 프로그램과 어머님들의 치유는 그다지 관계가 없다는 거였어요.

Q. 아, 그런가요? 놀라운데요.

A. 연구할 때 예상하는 것들이 있잖아요. '이렇게 될 것이다'라는. 물론 그걸 알아내자고 하는 연구지만 그래도 대충 짐작을 하잖아요. 그래서 저희는 뜨개 프로그램 참여자가 어느 정도 치유되었을 것이라 생각했어요. 근데 인터뷰를 쭉 해 보는데, 전혀 그렇지 않은 거예요. 그래서 같이 연구모임을 하던 선생님들이랑 대표님이랑 얘기를 많이 했어요. 왜 그럴까? 근데 얘기를 나누면 나눌수록 치유가 안 되는 이유는 너무 명확하더라고요. 그때가 이런저런 선거가 있을 때였는데, 그런 일 한 번 있을 때마다 난리가 나거든요. 세월호 걸고 넘어지면서 온갖 악선전을 해요. 치유될 틈이 없는 거예요. 시간이 흐를수록 나아지는 게 아니라 오히려 생채기를 내고 들쑤시니까 회복될 수가 없는 거죠.

물론 뜨개 프로그램이 치유에 아무런 영향을 안 주었다고 딱 잘라 말하기 어렵다. 세월호 참사에 대한 간절한 마음들이 모이고 모이던 때이니 그게 어떻게든 조금이라도 영향이 있었을 테다. 하지만 모두의 정성으로 간신히 얻은 약간의 회복이 아주 허무하게 곤두박질치는 일이 수시로 벌어지고는 했다. 그래서 유가족의 치유는 그저 늘 제자리거나 아니면 마이너스처럼 보였다. 잊을 만하면 어김없이 세월호 참사를 둘러싼 온갖 억측과 폄훼가 등장했다. 보상금이 얼마라느니, 그 돈으로 팔자가 폈다느니, 아이를 놓고 돈장사를 한다는 말까지. 그 내용

들도 참 가지가지였다. 이제 그만하라는 말은 양반 축에 들 만큼 험하고 잔인한 말들이 도처에 넘쳐났다. 선거철이 되면 유가족 가슴에 비수가 되어 꽂힐 말들이 온 거리에 거대 현수막으로 나부꼈다. 세월호 참사 유가족들이 그런 끔찍한 말들을 보며 이웃에 오는 셈이다. 뜨개를 함께하는 순간은 그저 그런 비수들을 피해 잠시 쉬는 정도라고 해야 할까. 그렇게 피해 있다 집에 돌아가는 길에는 그 잔인한 말들을 또 다시 마주해야 했다. 선거 기간에는 차라리 집 밖을 나오지 않는 게 더 나을 거 같다는 말을 할 정도였다. 그러니, 그것이 뜨개이든 밥이든 밑 빠진 독에 물 붓기와 다를 바 없었다. 뻔히 보아 왔던 일임에도 내심 다른 연구 결과를 기대했던 우리가 바보였지 싶다. 그저 우리가 함께한 과정이 도움이 되었을 거라는, 그래서 마음 아픈 엄마들이 좋아졌을 거라는 거짓말 같은 결과를 보고 싶었던 거였나 보다. 그리고 그 무엇보다 유가족들이 치유될 수 없는 너무나 분명한 사실이 있다. 진상규명이 제대로 되지 못했다는 것이다. 의문의 죽음을 당한 아이의 죽음을 무슨 수로 받아들이나. 그러니 애도 또한 시작되지 않는다. 무엇을 해도 제자리일 수밖에. 그걸 알면서도 내심 기대했던 우리가 그저 미안할 뿐이다.

Q. 결국 상처에 계속 소금을 뿌리는 것과 같군요. 악선전으로 상처에 소금을 뿌리는 이들을 어쩌면 좋을까요. 전국 모두를 아우를 수는 없는 노릇이고, 세월호 참사 유가족들이 살고 있는 안산 지역 안에서라도 이런 일들이 줄어들어야 할 텐데요.

A. 세월호 참사의 아픔은 당사자만이 아니라, 지역의 역할도

중요하구나 하는 걸 알게 된 계기이기도 했어요. 유가족 엄마들만이 아니라 지역 전체가 같이 회복돼야 하는데 그렇지 않았죠. 이런 상황에서는 뜨개를 백 번 천 번 해도 치유될 수 없겠구나 싶었죠. 이 상처가 지역 차원에서 회복되고 나누어지지 않는 이상은 어려운 거죠. 유가족들한테만 어서 회복하라고 재촉해서 될 일이 아닌 거예요.

Q. 세월호 참사 당시 봉사활동을 했던 분들께 뜨개 작품을 선물하고, 뜨개 전시에 초대하는 일들이 어떤 맥락에서 기획되었는지 이해가 갑니다. 그럼, 엄원주 선생님은 안산 뜨개 전시에서 어떤 일들을 하셨나요?

A. 저는 사실 뜨개질을 전혀 못해요. 뜨개질을 못해서 그런지, 전시회 준비 실무를 같이하자는 제안을 받았죠. 그건 할 수 있으니까 기꺼이 합류했어요. 이웃에서 뜨개 전시를 총 세 번 했는데 그 중 두 번째 안산 화랑유원지에서의 뜨개 전시가 많이 생각나요. 화랑유원지에 있는 나무를 뜨개 작품으로 감싸는 전시였거든요. 세월호 유가족 엄마들이 스무 그루 정도의 나무를 맡아서 작품 준비를 하고, 또 시민참여단은 103그루의 나무를 맡기로 했어요. 제가 담당했던 건, 시민참여단을 모으고 그분들의 완성작을 받는 것까지였어요.

Q. 세월호 어머님들이야 오래도록 뜨개 프로그램에 참여하셨으니 문제가 없을 것 같은데, 시민참여단 작품을 103개나 모아야 하는 게 쉽지 않았겠네요.

A. 안 그래도 저희끼리는 무척 걱정을 했어요. 모집이 잘 안 되면 어쩌지? 안 되면 우리가 다 나눠서 해야 하나? 이런 생각도 하고요. 우선 이곳저곳 SNS에 참여자 모집 홍보를 했어요. 화랑유원지의 나무에 뜨개옷을 입히는 전시에 전국의 시민들이 모여 한번 해 보자, 라고. 근데 놀랍게도 일주일 만에 103그루가 다 마감됐어요. 103그루 다요.

Q. 아, 대단하네요. 그렇게 일주일 만에 마감이 됐을 때 어떠셨어요?

A. 걱정을 많이 하긴 했지만 동시에 그럴 줄 알았다고 생각했어요. 함께하고자 하는 사람들은 늘 많으니까요. 우리가 걱정했을 뿐이죠. 나무 수가 더 있었다면 아마 더 많은 사람들이 참여했을 수도 있어요. 참여자들이 계속 늘어나서 이웃의 자원활동가들이 하고 싶어 했던 나무도 뺏어 와야 했어요. 그래도 무척 기뻤죠.

Q. 함께하는 사람들이 전국에 많이 있다는 걸 확인하는 순간이었겠어요. 그렇게 신청받고 난 뒤에는 어떻게 작품이 만들어지게 되는 건가요?

A. 나무의 둘레부터 재야죠. 나무마다 사이즈가 다 다르니까요. 103그루의 둘레를 다 재서 각 나무에 번호를 매겨요. 1번, 2번, 3번, 4번. 그렇게 103번까지요. 1번 나무는 높이가 몇 센티, 둘레가 몇 센티미터인지 크기를 알아야 작품을 만드니까요. 그리고 나무마다 사진을 찍어서 참여자들에게 각각 자신들이 맡은 나무 사진과 크기를 담은 안내문을 만들어서 보내요.

Q. 그럼 안내문이 동일하지 않고 모두 달랐겠군요.

A. 네, 참여자마다 자기 나무가 담긴 안내문을 받는 거죠. 그리고 실 배정을 해요. 각 나무에 부착할 뜨개 작품을 만들 실을 보내요. 그런데 나무가 공원에 쭉 일렬로 배치되어 있는데 색깔 배치가 멀리서 봤을 때도 조화로워야 하니까 그런 걸 고려해서 색을 배치했어요.

Q. 엄청난 작업이네요.

A. 네, 손이 많이 가는 일이었어요. 게다가 나무마다 크기가 다르니 필요한 실의 양도 다르잖아요. 그걸 또 다 계산해야 했죠. 몇 센티미터일 때 몇 개의 실이 들어가는지 계산해서 나무별로 필요 물품을 보내 드렸어요. 그다음 전화도 드리고, 참여자들이 모이는 SNS에 초대하고. 참여자별로 잘 진행되고 있는지, 어려운 건 없는지 확인하고 도와드렸어요. 그리고 참여자 중에는 전혀 뜨개를 못하시는 분도 있었어요. 열정만 가지고 계신 거죠. (웃음) 어떻게 해야 하나 난감했는데, 뜨개 잘하시는 자원활동가 최윤경 선생님이 나서서 해결해 주셨죠. "오시라고 하세요. 제가 가르쳐 드릴게요." 가까이 사는 분들은 직접 오셔서 배워 가기도 했고, 선생님이 몸소 가서 가르쳐 주시기도 했어요. 저는 참여자들 계속 연락하고 어려운 게 없는지 확인하면, 다른 분들이 연결돼서 도와주고 알려 주고 그런 과정의 연속이었어요. 이렇게 몇 달 동안 작업하다가 작품을 보내 주면 택배로 받았어요. 직접 오시긴 힘드니까요. 참여자들이 안산부터 제주도까지 골고루 다 있었어요.

뜨개 전시 〈번짐〉은 2018년 가을 무렵 열렸다. 코로나19가 유행하기 전이었는데, 지금 돌아보니 진행 과정 대부분이 철저한 비대면 방식이다. 전화, SNS, 택배를 활용하여 이어지고 만나고 소통하며 작품을 만들어 갔다. 두 달간 백여 개의 작품이 만들어지기까지 얼마나 많은 카톡이 오고 갔는지, 또 얼마나 많은 전화가 오고 갔는지 모른다. 그 일의 대부분을 엄원주가 했다. 수시로 문의 전화를 받고, 안내하고, 도와줄 사람을 연결해 주고, 작품을 받고 확인하는 번거로운 일들을 꼬박 두 달간이나 했으니 입에 단내가 나고도 남을 일이다.

Q. 103그루의 작품마다 모두 관여하신 셈이네요. 작품이 하나씩 올 때마다 느낌이 정말 남다르셨을 거 같습니다.

A. 그럼요. 되게 감동이에요. 작품이 하나씩 오는데 정말 그런 정성이 없는 거예요. 그걸 다 받았을 때에는 뭐라 표현할 말이 없었어요. 작품마다 훌륭해서 정말 깜짝 놀랄 때가 많았거든요. 방과 후 아이들이 만든 것들도 있고, 가족이 함께 만든 것들도 있고요. 인상적인 작품들이 많았어요. 작품들 받으면서, 사람들이 모이면 정말 못 하는 게 없구나 하는 생각을 자주 했어요. 그리고 작품을 나무에 게시하는 것도 어마어마한 일이었거든요. 작품에 맞는 나무에 딱 붙여야 하니까요. 많은 사람들이 호흡 맞춰서 움직여야 가능한 일인 거예요. 작품이 너무 많으니까 이거 종일 해도 안 되는 거 아닌가 했는데 반나절 만에 다 했어요. 이것도 참 대단하다 했어요. 안 되는 게 없구나 싶고.

Q. 이웃에서는 안 되는 게 없다는 얘기를 엄원주 님도 하시네요. 다른 분들에게서도 많이 들었던 이야기거든요. 이웃은 사람의 힘이 확인되는 곳인가 봅니다.

A. 이웃에서 일 년 정도 달에 한 번씩 유가족들에게 보내는 김치를 만들었잖아요. 어느 달엔가 열무김치를 하는데, 아침에 재료가 도착하지 않은 거예요. 자원활동가들은 오후 두세 시면 돌아가기 때문에 일찍부터 작업을 해야 하거든요. 이건 오늘 저녁까지 해야 한다, 아니다, 못하는 거다, 해 보자 뭐 여러 얘기들이 있었어요. 그러다 늦게 열무가 왔어요. 산더미 같은 열무를 정말 마루 한가득 펼쳐 놓고 몇십 명이 다듬기 시작했어요. 그런데요, 결국에는 점심 전에 다 마쳤잖아요. 와, 이건 정말 대단하다. 되게 감동받았죠. 진짜 못할 줄 알았거든요. 원래 하루 전부터 시작해도 될까 말까 하거든요. 사람들도 긴장해서 더 열심히 하니까 된 거 같아요. 매달 김치 할 때마다 엄청 많은 양을 하는데, 반나절 만에 왁자지껄하다 보면 배추가 김치로 변신해 있잖아요. 그 몇 시간의 과정이 저는 되게 충격이었어요. 이웃은 그렇게 사람의 힘이 확인되는 곳인 것 같아요. 김치를 통해서, 뜨개를 통해 확인되는 거죠. 김치는 반나절 만에 확인하는 거고, 뜨개는 두 달 동안 확인하는 거였고요.

Q. 뜨개를 떠올리면 사실 여유롭고 한가한 느낌을 떠올리잖아요. 그런데 얘기를 나누다 보니 뜨개 전시가 전투와 다를 바가 없습니다. 부상을 입지는 않으셨나요? (웃음)

A. 완성된 작품이 하나씩 도착하는 걸 보는 게 정말 즐거웠어요. 뭔가 진행되는 게 보이니까요. 실을 보냈는데 작품이 돼서 오니 신기하기도 했고요. 근데 좀 힘들었던 것도 있었죠. 전시 준비하던 그때가 세월호 추모공원(가칭 4·16생명안전공원) 때문에 안산 분위기가 많이 안 좋을 때였거든요. 반대하는 사람들 집회가 매일 이어지는 때여서 걱정을 많이 하던 시기였어요. 근데 전국에서 뜨개 작품에 참여하는 분들은 세월호를 기억하기 위해서 하시는 거니까, 작품에 세월호 아이들을 추모하거나 진상규명을 요구하는 의미를 넣어서 만드셨죠. 근데 우리 이웃에서는 걱정이 되는 거예요. 괜히 이걸 빌미로 전시물을 다 뜯고 깽판을 치면 어떡하나 싶었어요. 결국에는 완성작을 받고 있던 중반쯤에 세월호 관련된 무늬를 빼 달라는 요청을 참가자들에게 하게 됐어요.

Q. 그 결정도 쉽지 않았을 테고, 그 상황을 시민들에게 전달하는 것도 쉽지 않았을 것 같은데요.

A. 다 완성돼서 온 것들도 있었고, 너무 예쁘게 만들어져서 온 작품들인데 이걸 어쩌나 싶었어요. 화도 났고요. 근데 시에서 장소 사용에 대해 승인을 받아야 하기도 하고, 워낙 돌출적이고 험악하게 행동하는 사람이 많았기 때문에 신중할 수밖에 없었어요. 그래서 참여자들에게 양해를 구하게 됐어요. 안산 상황을 설명드리고, 가급적 선명한 노란 리본이나 글귀 등은 자제해 달라고요. 마음이 되게 안 좋았어요. 그런데 오히려 시민 참여자들은 넓게 이해하시더라고요. "지역이 그 정도까지 상황이 안 좋군요. 당연히 그렇게 하겠습니다. 제 작품 때문에 전시를 망치면 안 되죠." 다

그렇게 말씀하세요. 그 말에 더 마음이 아팠죠. 최대한 완성작을 살려서 다듬기는 했지만 그래도 그 과정이 제일 힘들었어요.

당시 안산은 시끄러웠다. 안산시청 앞에선 세월호 참사 추모공원을 반대하는 이들이 연일 마이크를 잡고 연설을 했다. 세월호 참사와 관련된 토론회, 문화행사 등에도 이들이 나타나 스피커를 크게 틀어놓고 악담을 퍼부었다. 급기야는 추모공원 부지에 심어 둔 꽃을 훼손하거나 현수막을 뜯어내는 일도 벌어졌다. 그때 세월호 유가족들과 시민단체들은 이들의 목소리가 더 커질까 염려하여 최대한 대응하지 않았다. 모두가 괴로운 시기였다.

뜨개 전시 〈번짐〉이 딱 그 시기였다. 전시 장소인 화랑공원은 4 · 16생명안전공원의 부지로 선정된 곳이라 신경이 쓰였다. 설마 뜨개 전시에까지 쫓아오지는 않겠지? 설마 전시물을 훼손하지는 않겠지, 라고 생각했다. 하지만 대부분의 걱정은 실제로 벌어졌다. 전시 기간 중 현수막과 뜨개 전시물들이 뜯겼다. 안내 간판은 산산이 부서졌다. 오늘은 또 어떤 게 뜯겼을까 싶어 아침이면 가슴이 떨렸다. 경찰을 부를까, 시민단체와 연대하여 대응해 볼까 참 많은 생각을 했더랬다. 하지만 결국 우리는 전시물을 조용히 손보며 묵묵히 전시 기간을 지켜나가기로 했다. 이들의 잘못된 행보가 소리 높이 퍼지는 것도 싫었고, 그걸 알게 된 유가족들이 속앓이하는 것은 더 싫었다. 뜨개로 전하고자 했던 마음을 시민들과 잘 나누면 우리의 전시는 완성이니 그걸 위해 애쓰기로 했다. 매일매일 자원활동가들이 공원을 돌며 손상된 전시물을 손보았다. 실과 바늘을 들고 꿰매고 또 꿰맸다. 그때 우리는 이런 말을 중얼거리고 살았던 것 같다. "그래, 너희들은 쥐어뜯어. 우리는 가서 꿰맬 테니. 누가 이기나 보자." 그래서인가. 전시가 끝나 갈 때쯤에는 뜯겨 나간 것도, 망가진 것도 없었다.

Q. 정말 다사다난이란 말이 떠오릅니다. 뜨개가 손으로 하는 정적인 취미라는 느낌이 싹 지워지네요. 그런 과정을 거쳐 온 엄원주 님은 뜨개의 의미가 무엇이라고 생각하시는지요?

A. 뜨개는 사람을 버티게 하는 힘이었던 것 같아요. 어머님들 중에는 아무 목적 없이 그냥 무조건 길게만 뜨는 분들이 있었어요. 목도리를 짜야 하는데 몇십 미터를 뜨고 있는 거죠. 그거라도 해야지, 그거라도 붙잡고 있어야지 버틸 수 있었던 거예요. 처음 몇 년 동안은 울면서 뜨개를 하고, 잠 안 자고 뜨개를 하고 그러셨어요. 그리고 몇 년이 지나서야 제대로 된 뜨개를 하시더라고요. 직진밖에 못 하던 분들이 막 옷도 뜨고 가방도 뜨고요. 그걸 또 자기가 아끼는 사람에게 나눠 주고요. 나를 붙잡고 나를 버티게 해 주던 것이, 사람을 따뜻하게 만들어 주는 것으로까지 바뀌는구나 싶었죠. 뜨개는 나를 버티면서 주변을 따뜻하게 만들어 주는 그런 힘이 있는 것 같아요. 그래서 어머님들이 뜨개물을 나눠 주면서 그렇게들 좋아하시나 봐요.

Q. 이웃에 대해 말하다 보면 다들 긴 호흡으로 말씀하셔서, 2~3년이라는 기간이 마치 몇 달처럼 느껴지네요. 치열하면서도 느긋한 것 같기도 하고요. 선생님은 이웃하면 어떤 면이 떠오르세요?

A. 이웃은 확 끓어오르지는 않는 곳인 것 같아요. 잔잔하면서도 오랫동안 사람들 마음을 읽어 주는 곳이라고 할까요. 누구 하나의 힘이 아니라, 모두의 힘이기도 하고 공간 자체의 힘이기도 한 것 같아요. 요란하지 않고, 또 소홀하지 않은 공간이에요. 누구라도 오면 그냥 무장해제될 수 있는 그런 곳이에요. 유가족 어머님들만이 아니라 자원활동가들에게도 그래요.

Q. 끓어오르지는 않지만 오래도록 식지 않는 그런 힘이 느껴지네요. 그런 힘으로 많은 자원활동가들이 이웃과 오래 함께하셨던 건 아닐까 싶습니다.

A. 서로 오래 보고 편해지니까 유가족 어머님들이 "여기 왜 와요?"라고 물어보기도 하시죠. "오랫동안 오는 선생님들이 신기해요." "안 힘들어요?" 그렇게 물어보기도 하고요. 근데 아마 불안하실 거예요. 우리가 안 가면 불안하실 것 같았어요. 우리가 거기에 감으로써 세월호 유가족과 함께하는 사람들이 있다는 걸 확인시켜 주는 거잖아요. 물론 서명에 참여하고 현수막 많이 달고 그러는 것도 당연히 필요하죠. 그리고 저희처럼 그분들 눈앞에 딱 있어 주는 일도 필요한 거죠. 대단한 게 아니지만 필요한 일이라 생각해요. 어머님들도 자원활동가들이 한두 명밖에 없으면 불안해하세요. 그게 보여요. 사람들이 몇 명 안 왔네, 이제 관심이 없어진 걸까 하는 그런 조바심이 늘 있으실 거예요. 그 자리에, 어머님들 보이는 곳에 함께 있어 주는 것이 이웃의 큰 힘이라고 생각해요. 별것 아니면서도 큰 일이죠.

별것 아니라고들 한다. 그저 매일매일 가는 것, 밥을 하는 것들을 두고 하는 말들이다. 별것 아니라고, 당연한 거라고 말이다. 사람들은 이렇게 당연한 것에 인색하다. 뭐, 그런 생각이 이상하지는 않다. 우리는 늘 밥을 먹고, 김치를 먹으니 익숙할 수밖에. 그게 뭐 그리 대수인가. 그게 뭐 별것인가. 하지만 옆에서 지켜보니 그게 참 별거다. 먹어야 살고, 함께 있어야 산다. 누군가에게 기대야 살고, 만나야 산다. 사람은 그래야 산다. 물론 그런 일들에 별거라고 칭하지 않아도 된다. 그저 사는 일이라 이름 붙여도 좋고, 이웃이라 해도 좋다. 연대라 이름지어 붙여도 좋고 그저 좋아서 하는 일이라 불러도 좋다. 무어라 말해지든 상관없다. 없으면 안 되는 거니까 그냥 계속되기만 한다면 무어라 불러도 괜찮다.

Q. 연대라는 말의 다른 뜻풀이로도 들리네요.
'별것 아니면서도 큰 힘'이라는 말이 인상적입니다.

A. 그건 신발 벗고 올라가 앉아 있는 힘에서 오는 거 같아요. 신발을 벗고 어디에 올라간다는 거는, 누군가의 공간에 내가 들어간다는 의미잖아요. 내가 들어가서 같이 있는다, 라는 느낌이 강한 거 같아요. 잠시 들르는 곳이 아니라, 신발을 벗고 들어가서 앉는 순간 여기는 내가 함께 있는 곳이 되는 거죠. 마루의 힘이라고 봐야 할까요.

있던 좌식도 입식으로 바꾸는 때에 이웃은 턱하니 마루를 깔았다. 모두가 바닥에 앉아 밥을 먹고 파를 까고 차를 마시는 곳이 이웃 마루다. 안방 같은 곳, 여럿이 앉기 좋은 곳, 더 많은 사람이 들어갈 수 있는 곳, 정겨운 곳, 개다리소반이 잘 어울리는 곳, 마을회관 같은 곳이라는 이야기를 많이 들었다. 하지만 마루에 들어서는 과정을 포함하여 이웃 마루를 생각해 본 적은 없다. 그저 이웃을 처음 방문하는 손님들이 신발을 벗어야 한다는 사실에 적잖이 당황해하는 것 말고는, 신발 벗는다는 점을 진중히 떠올려 본 적이 없다. 하지만 엄원주의 말을 듣고 보니 나 또한 오래도록 신발을 벗고 함께했구나 싶어 마음이 좋다. 나도, 당신도, 그리고 우리 모두 신발을 벗고 마루에 올랐다. 그 시간이 길었든 짧았든 신발을 벗고 올라간 그 순간 우리는 온전히 그곳에 있었다. 머뭇거리지 않고 서성이지 않고 주춤하지 않았다. 왜냐면 우리는 신발을 벗고 그곳에 올라섰기 때문이다.

Q. 그렇게 신발 벗고 올라섰던 이웃에서의 6년 시간이 선생님의 삶에는 어떤 영향을 미쳤나요? 삶에 변화가 있다면 무엇인지요?

A. 그냥 일상이 바뀌었다고 봐야죠. 세월호 참사는 어른들이 평생 가져가야 할 일상인 것 같거든요. 유가족만이 아니라 그냥 이 시대를 사는 어른들은 다 평생 가지고 가면서 반성해야 할 일이잖아요. 이웃이 이제는 없지만 그래도 늘 가져가야죠. 아이에게도 늘 이야기해요. 세월호 언니오빠들에 대한 이야기도 하고, 이번 7주기 추도식 날도 설명해 주고요. 오늘은 이런 날이어서 하늘에 별이 더 많이 빛난다고, 이날을 잘 기억해야 한다고요. 근데 우리 눈치 없는 둘째가 "그럼, 오늘 쉬는 날이야?" 이랬다가 첫째한테 엄청 혼나고. (웃음)

Q. 세월호 참사 후 뭐라도 해야 한다는 마음에서 이웃에서 활동하셨고, 그리고 아이들에게까지 전달이 되네요. 이 일이 어른들의 일상에 함께해야 하고, 또 후대에도 계속 알려져야 하는 일인가에 대한 선생님 나름의 어떤 이유가 있을까요?

A. 국가의 존재 이유 때문인 거 같아요. 국가가 해야 할 일을 못하면 얼마나 많은 사람들이 처참한 죽음을 당하는지 세월호 참사가 보여 주었잖아요. 그리고 그것들이 은폐되는 과정에서 또 얼마나 많은 사회악이 퍼져 나가는지를 보여 주었고요. 저는 세월호 참사가, 국가가 기능을 못함으로 인해서 발생한 최악의 비극이라고 생각해요. 그렇기 때문에 아이들이 분명히 알아야 한다고 생각해요. 국가가 그 기능을 못했을 때 국민이 어떻게 죽어 가는지를 똑똑히 알아야 하니까요. 그러니 반드시 밝혀야 다시는 그런 일이 일어나지 않도록 할 수 있어요.

Q. 이웃이 없는 지금은 어떤 일상을 보내고 계세요?

A. 딱히 특별한 건 없고 제 생활을 찾아가고 있죠. 첫째 아이가 여자아이인데 얼마 전에 생리를 시작했어요. 아이가 첫 생리를 하면 어떻게 축하해 줄까 상상을 많이 했거든요. 그런데 막상 아이가 생리를 하니 파티는 고사하고 할 일이 너무 많은 거예요. 수시로 이불을 빨아야 하고, 이것저것 필요한 것들을 사 주고 가르쳐 줘야 하고요. 그러면서 느꼈어요. 이런 걸 도와줄 수 있는 어른이 없는 아이들은 너무 힘들 거 같은 거예요. 이 자체가 견디기 힘든 고통일 수 있겠다 싶었어요. 끊임없이 옆에서 아이에게 친

절하게 설명해 줘야 하거든요. 그런데 그런 도움 못 받는 여자아이들이 얼마나 많을까 생각하니 무척 고통스러운 거예요. 지금은 생리 키트 후원금 내는 걸 찾아서 하고 있어요. 이것 말고도 아이들을 도울 방법을 생각하는 중이에요.

엄원주의 말 그대로다. 특별한 건 없고 제 생활을 찾아가고 있다고. 일상 안에 세월호 참사를 들여놨던 것처럼 지금도 그 일상을 살고 있나 보다. 전 국민을 충격에 빠뜨린 세월호 참사도 내 일상으로 들여놓는 순간, 특별한 일이 아니다. 그저 매일 바라보고 보듬고 닦아내야 할 무엇이다. 평생 그렇게 닦아야 할 어른의 양심이다.

지금은 신발 벗고 올라갈 이웃이 없다. 하지만 여전히 엄원주는 신발을 벗고 앉아 있다. 어른이 필요한 여자아이들 옆에. 그 옆에 아주 딱 붙어 있다. 모르는 거 있으면 물어보라고. 내가 다 알려 줄게. 다 물어봐, 라고 말이다. 아, 뜨개질만 빼고.

ps. 엄원주 선생님에게 오랜만에 연락이 왔다. 사회적참사특별조사위원회(이하 사참위)에서 일하게 되었단다. 사참위의 활동 기한이 딱 1년 남짓 남은 때이다. 이웃에서 함께했던 자원활동가가 세월호 참사 진상규명과 피해자 지원을 위한 중요한 일을 맡는다니 괜히 벅차다. 곁에 있음, 함께 있음이 무엇인지 너무나 잘 아는 엄원주이니 누구보다 훌륭하게 해낼 거라 믿는다.

또다시 신발을 벗고 마루에 올라선 당신, 고마워요.

아무렇지도 않게

이름 | 진선미

나이 | 말띠 1978년생입니다.

특징 | 더디고 느려요. 가끔은 주변의 시선이 신경 쓰이지만 괜찮아요.

별명 | 마틸다. 네, 레옹의 마틸다 맞아요. 화분을 끼고 다니던 그 아이에게 마음이 많이 가요.

사는 곳 | 강원도 원주에서 강아지 봄이, 짝꿍과 함께 살아요.

치유공간 이웃에서 7년간 자원활동을 했습니다. 밥상도 나르고 생일모임도 준비하고 뜨개 전시 예술감독도 맡았답니다. 종류로 치면 가장 많은 일을 했던, 그야말로 멀티플레이어 자원활동가입니다. 지금은 강원도 원주에서 예술가로 활동하며 살고 있습니다.

"그냥 다 했어요. 초반에는 제가 연근조림도 했어요."

이 사람은 그냥 다 했다. 다듬는 것도 하고, 써는 것도 하고, 음식 담는 것도 하고, 설거지도 했다. 연근조림까지 한 줄은 몰랐는데 요리를 직접 하기도 했나 보다. 주방 일만이 아니라 다른 일도 뭐든 했다. 생일모임 준비로 친구들도 만났고, 동영상도 만들었다. 인터뷰를 하거

나 글을 썼고 리플릿이나 포스터를 디자인했다. 그림을 그리거나 뜨개 전시 예술감독을 하기도 했다. 그냥 막 뭐든 했다. 어지간한 이웃 일들은 다 한 셈이다. 이웃 자원활동가들이 서너 가지 일은 거뜬히 하는 게 기본이지만 그 중 가장 많은 종류의 일을 섭렵한 사람이다. 그 사람이 바로 진선미다. 그리고 할 줄 아는 게 많으면 썩 잘하지는 않겠지 생각할까 봐 말하는데, 단언컨대 진선미는 '잘'하기까지 했다. 설거지를 하다 말고 주섬주섬 꺼내 보여 주는 구상도는 눈이 휘둥그레지도록 멋졌고, 써내는 글들에 눈물이 흘렀다. 설마 이 일도 할 줄 아냐고 물어보면 "조금요"라고 대답하고는 "세상에!"라는 말이 나오도록 잘해내는 사람이다.

그런 진선미가 딱 한 가지 못하는 게 있다. 연근조림부터 예술감독까지 다 하는데 정말 딱 하나 못한다. 아는 사람은 다 아는 그거. 바로 '말'이다. 어떻게 말을 못하느냐 하면 주로 이런 식이다. 단어와 단어 사이마다 웃느라 말을 못하거나, 한숨을 쉬느라 말을 못하거나, '음' 이나 '아' 같은 감탄사를 써야 해서 말을 못하는 식이다. 웃음이나 '음' '아' '저' 같은 소리가 대부분이라 실상 단어는 몇 개 없을 때가 많았다. 얼마나 말을 안 하고 못하는지 어쩌다 한 문장을 제대로 구사하기라도 하면 다들 "오늘은 말문이 트이나 봐요!"라며 박수를 치고는 했다. 아, 이런 양반이 인터뷰를 한다니 벌써부터 걱정이다. 오늘은 정말이지 말문이 평소의 백 배쯤은 트여야 할 텐데 어쩌면 좋아.

Q. 2004년 프랑스로 건너가 예술 공부를 하다가 2012년에 돌아오셨다 들었어요. 꽤 긴 시간이었네요. 근 십 년 만에 돌아와서 본 한국은 어떤 느낌으로

다가왔나요?

A. 아, 뭔가 이상했어요. 저는 프랑스에서 많이 튼튼해졌거든요. 많이 컸고 또 싸울 힘이 생겼다고 생각해서, 덤벼 봐! (웃음) 하는 마음이 드는 것처럼요. 그렇게 힘이 생겼다고 생각했는데 이상하더라고요. 뭐랄까 교묘하게 사회가 나빠져 있는 거 같았어요. 사고 자체가 돈 중심으로 싹 바뀌었다고 할까. 사람은 없고 돈만 있는 느낌이요. 자본 중심이죠. 부딪히는 일마다, 사사건건 참 힘들었어요.

Q. 변화를 체감했던 일화가 있다면 어떤 경우일까요?

A. 일상적으로 만나는 사람들이 굉장히 무례했어요. 길 가다 부딪혀도 미안하다는 말이 없고, 지하철에서 어린 여자가 다리 꼬고 있다고 발로 탁 차면서 뭐라 하고요. 무례가 넘쳐났었던 것 같아요. 뒤에 아장아장 걷는 아기가 오는 게 뻔히 보이는데도 큰 유리문을 안 잡아 줘요. 그냥 쾅 닫히게 해서 아이가 크게 다칠 뻔한 것도 봤어요. 좀 잡아 줄 수 있잖아요. 정말 이해할 수 없는 것들이 많았어요. 2012년 말에 대통령 선거가 있었는데 그때 결과를 보고도 큰 충격이었고요.

Q. 선생님이 떠났던 2004년과 돌아온 2012년 사이에 한국에 변화가 많았어요. 미국발 금융 위기도 있었고 경제적으로 많이 팍팍해지고요. 서서히 변화를 겪은 저는 그런 줄도 모르고 살았던 것 같아요. 그런데 그 시기에 국내에 없었던 선생님에게는 극명하게 다른

모습으로 다가왔을 것 같습니다. 십 년 만에 돌아온 한국에서 세월호 참사까지 겪으셨는데 어떠셨을지 궁금합니다. 그 사고 소식은 어디에서 어떻게 들으셨나요?

A. 그날 대안학교 수업이 있어서 서울에 가려던 참이었어요. 먼저 출근하는 동생이 아침이면 뉴스를 켜 놔요. YTN에서 긴급속보라고 뜨더라고요. 아나운서가 누군가와 전화 연결을 했는데 헬기 소리가 들렸어요. 배가 기울었다고 하는 얘기가 나오는데, 직감으로 굉장히 심각한 상태라고 느꼈죠. 배가 기울어진 장면까지만 보고 외출을 했어요. 수업하러 학교에 갔고, 쉬는 시간에 보니 전원 구조됐대요. 아, 다행이다 이랬었죠. 그 이후에 집에 와서는 잘못됐다는 걸 알게 됐어요. 그날 밤에 배가 이만큼 나와 있는 걸 보는데 아, 막 미치겠고…. 완전히 보이지 않게 되었을 때는 정말 참담했어요. 화가 나고요. 미국에서 구조를 해 준다고, 지원을 해 준다는 말이 있었는데 거절을 했잖아요. 아, 미친 새끼들이라는 욕이 절로 나오는 거예요. 얘네가 돌았나? 싶고요.

Q. 그 이후에는 어떻게 지내셨어요?

A. 계속 생각이 났어요. 우울한 상태였고, 그 바다 앞에 있을 엄마아빠들 마음을 많이 생각했던 것 같아요. 낮에는 좀 괜찮은데 어두워지면 더 힘들어지는 거예요. 그리고 그때는 왜 그렇게 비도 많이 오고 춥던지….

Q. 그해 4월이 참 추웠어요.

A. 비 오는 밤에는 더 미치겠는 거예요. 그 바다 앞에 있을 사

람들이 얼마나 힘들까 싶어서요. 저희 집에 봄이라는 강아지가 있는데 그 강아지를 안고 내리는 비를 하염없이 봤어요. 그러다 몇 달 뒤에 SNS에서 이웃 소식을 들었어요. 밥하거나 몸을 만져 줄 사람을 구한다고요. 그래서 바로 연락을 했죠.

Q. 그 글을 많은 사람들이 봤겠지만, 본다고 다 가게 되는 건 아니잖아요. 선생님은 왜 이웃에 가야겠다고 생각하신 거예요?

A. 제가 청소년들을 좋아해요. 그 친구들을 위해서 뭔가 하고 싶기도 했어요. 프랑스에서 여러 복지 시스템의 혜택을 많이 받았거든요. 교육 지원도 있었고, 집세 지원도 있고요. 이렇게 함께 사는 거구나 배우기도 했어요. 그래서 한국에 돌아가면 받았던 걸 돌려주고 싶었어요. 제가 돌려주고 싶은 대상은 주로 청소년이에요. 제가 한국에서 보냈던 청소년 시절은 우울하고 참 힘들었거든요. 한국 교육이 잘 못 해 줬다고 생각하고요. 그래서 아이들한테 돌려주고 싶었어요. 그러다가 세월호 참사가 났고요. 세월호 참사로 별이 된 아이들이 얼마나 억울할까 싶었어요. 그 친구들이 저 같다고 느꼈거든요. 어떤 기회도 갖지 못했다는 게 마음 아팠어요.

대개는 세월호 참사에 대한 슬픔이 '엄마'의 시선에 맞춰지고는 한다. 자녀를 잃은 마음이 어떨지, 아이를 그리워하는 마음이 어떨지 떠올리며 슬퍼하게 된다. 하지만 진선미는 조금 달랐다. 처음부터 줄곧 별이 된 아이들의 시선으로 바라보았다. 또는 친구들의 시선으로 바라

보았다. 엄마의 이야기를 들으며 모두 엄마의 마음이 되어 눈물 흘릴 때, 진선미는 그 순간의 청소년을 바라본다. 이모도 아니고, 언니도 아니고 바로 친구의 눈으로.

Q. 당시 고창에 사셨으면 안산까지 꽤 먼 거리네요.
두 시간 넘게 걸렸을 텐데 어떻게 오고 가셨어요?
안산까지 오고 가는 길에 어떤 마음이셨을지 궁금한데요.

A. 주로 서울에 수업 있는 날 이웃에 갔어요. 시간이 맞으면 짝꿍이 차를 태워 주기도 했고요. 그렇지 않은 날은 터미널에서 버스를 타고 다녔어요. 매주 그렇게 갔는데 어느 날 눈이 너무 많이 와서 못 갔던 일이 있어요. 우선 출발은 했는데 고속도로에서 차가 자꾸 미끄러지는 거예요. 정말 폭설이었거든요. 너무 위험했죠. 고창에서 부안까지면 아주 가까운 거리인데 한 시간이 넘게 걸리는 거예요. 그래서 다시 차를 돌려서 돌아왔어요. 그때 되게 마음이 불편했어요. 그때 생각이 나네요.

Q. 이웃에서도 오지 말라고 했을 것 같은데요.
너무 폭설이었으니 위험하잖아요. 그리고 한 번
빠질 수도 있잖아요?

A. 네, 이웃에서도 오지 말라고 했던 것 같아요. 근데 그때 이웃이 되게 바빴어요. 초반에는 한의사 선생님들도 오셨고, 정말 누가 누군지도 모르게 사람이 많았어요. 엄마들도 엄청 많았고요. 그런 상태라 주방 일이 엄청났거든요. 밥상 내고 다시 들이고… 이게 정말 바빠요. 그 바쁜 상황에서 손이 하나라도 빠지면

더 정신없을 텐데 싫어서 마음이 쓰였어요.

Q. 선생님도 예외 없이 주방 일을 많이 하셨군요. 선생님이 보시기에는 이웃 밥상이 어떤 의미가 있는 것 같으세요? 밥을 한다, 먹는다는 그 의미가 어떤 걸까요?

A. 먹어야 하잖아요. 사는 일에 가장 기본이죠. 누군가가 먹는다는 게, 또 먹인다는 게 제일 중요한 일인 거 같아요. 언젠가 제가 그런 적이 있거든요. 저는 항상 주방에 서서 대충 먹거든요. 그냥 밥통에서 밥 퍼서 대충 먹어요. 근데 언젠가 무척 지치고 힘든 날이었어요. 그날 밥을 하는데 밥 냄새가 참 좋은 거예요. 그 밥 냄새가 좋다는 게 뭐랄까요. 낙인 것도 같고 어떤 즐거움, 희망 같은 거였어요. 절망하고 좌절한 상태였는데 밥 냄새가 좋은 거죠. 그런 내가 되게 서글프다고 할까요. 눈물이 막 나는 거예요. 아, 이런 절망적인 순간에 밥 냄새가 좋다니. 뭐 이런 생각이 들면서 그날은 밥을 잘 차려 먹고 싶더라고요. 그래서 반찬도 꺼내서 접시에 담고 밥도 예쁘게 담아서 상을 차렸어요. 그렇게 먹는데 눈물이 막 나는 거예요. 내가 이걸 먹네 싶고. 그래, 잘 먹어야지 싶기도 하고요. 그러니까 그럴 때 밥을 먹는 건 어떤 힘을 내려고 하는 행위이지 않았을까요. 그 밥 냄새에서 어떤 생의 질김 같은 게 느껴지기도 하고요. 이게 좋다니! 살고 싶은가 보네 같은 마음도 들고요. 그리고 밥상을 차리고 그걸 먹는다는 건 다시 힘내서 살아 봐야지 같은 그런 마음들이 만들어지는 순간인 것 같아요. 밥이란 게 그런 거 같아요, 저는.

유가족 부모들이 밥상을 마주할 때 보이던 알 수 없는 표정이 생각난다. 우는 듯 일그러지는 것 같기도 하고, 안도하는 듯 희미하게 웃는 것 같기도 해서 도통 모르겠던 얼굴들이 많았다. 진선미의 이야기를 들으니 어렴풋이 알 것도 같다. '내가 이걸 먹네' 하는 마음과 '그래, 잘 먹어야지'라는 마음이 교차하던 걸까. 두 가지 마음이 복잡해서 밥술을 뜨지 못하고 멍하게 보고 있었을까. 이웃에서 퍼지던 밥 냄새에 마음이 포근하다가도 또 확 싫어지는 마음이었을까. 밥상을 밀어내다가도 다시 바짝 당겨 와서 한 술 두 술 뜨던 모습이 떠오르니 가슴이 쿵하고 떨어진다. 순간에도 수십 번을 오르내렸을 마음이 얼마나 고달팠을까.

그래서 이웃은 누가 시키지도 않았는데 밥상을 놓을 때면 늘 손이 주저했나 보다. 예쁜 고명을 얹으려다가 말고, 색다른 음식을 하려다 말고. 그러다가도 막 지은 밥을 내놓으려고 수시로 시계를 보고. 이 마음 저 마음 모두 넘치지 않게 하려고 끊임없이 주저하던 밥상이었을까 싶다. 그래서 밥상을 받고는 후두둑 눈물을 흘리던 이들이 그리 많았을까.

Q. 밥상으로 힘을 냈던 선생님의 기억이 뭉클합니다. 그런데 사실상 재료와 요리법, 식단이 밥상의 대부분을 결정하잖아요. 여러 마음을 보살피는 밥상이라면 이런 실제적인 것 말고도 다른 특별함을 가져야 할 것도 같은데요. 그런 면에서 이웃이 밥상을 낼 때 특히 신경 쓰는 부분이 있다면 무엇이라고 보세요?

A. 이웃에서는 음식 만드는 것도 신경을 썼지만, 특히 음식을

예쁘게 담는 것에 신경을 많이 썼어요. 그게 굉장히 중요했어요. 수저 놓을 때, 그릇 놓을 때, 상에 놓는 위치 같은 것도 굉장히 신경을 썼으니까요. 예쁘게 담으려면 어떤 세심한 손길이 필요하잖아요. 세심한 손길을 쓴다는 것은 정성을 담는 일이죠. 거기에 어떤 마음을 전달하는 거였나 봐요. 당시 유가족들과 직접 얘기를 나눌 수 있는 것도 아니었고, 그럴 수 있는 상태도 아니었으니까요. 그러니 그렇게 밥상으로 마음을 전달했던 것 같아요.

이웃에서 먹은 반찬이 맛있어서 집에서 똑같이 해 볼 때가 종종 있었다. 실장님께 레시피를 받아서는 분부대로 요리한다. 딱 1분만 삶으라거나, 3분간 쉬지 않고 볶으라거나, 마지막 기름을 두르고 한 번만 뒤집어 주라거나 등등 알려 주신 요리법을 따라서 그대로 만든다. 그런데 맛이 영 다르다. 이웃의 식기와 밥상, 조명 등 이것저것 다른 이유들로 맛이 다르다는 이야기를 하고는 했다. 그런데 음식 담는 방법이 달랐을 거라는 생각은 이제껏 하지 못했다. 진선미 선생님 이야기를 들으니 맛이 다른 큰 이유 중 하나일 것 같다. 실장님은 정말이지 유난히 음식 예쁘게 담기를 강조하시고는 했다. 촌각을 다툴 때도 맨 위에 작은 파 조각 하나가 꼭 올라가야 한다거나, 봉긋이 나물 조각이 올라오도록 한다든가, 색깔 음식들의 배치도 꼭 맞춰야 했다. 만드는 것만큼이나 중요했던 음식 담기가 새삼 다시 보인다.

Q. 처음에는 주로 밥하는 일을 하셨다면 그 이후에는 어떤 활동들을 주로 하셨는지 소개해 주세요.

A. 생일모임이 뒤따라서 바로 있었고, 첫 번째 뜨개 전시 있었

고, 친구들 모임을 하고 그걸 다큐멘터리 영화로 만드는 과정에 같이 있었고, '누구에게나 엄마가 필요하다'라는 프로그램도 같이 했었어요. 순서대로는 그랬네요. 그다음 두 번째 뜨개 전시가 있었고, 그 외 이런저런 주민 대상 프로그램에도 같이했고요. 속마음산책이라든지 치유자들을 대상으로 하는 프로그램도 같이 했죠.

Q. 그 모든 곳에 다 있으셨던 거네요. (웃음) 그러면 하나씩 살펴봅시다. 생일모임부터 여쭤볼게요. 청소년들한테 관심이 많아서 그 친구들이 '나' 같다고 하셨잖아요. 그 '나' 같은 아이들의 이야기가 어떻게 다가왔을지 궁금합니다.

A. 아이에 대해서 얘기를 듣다 보면 그 친구가 구체적인 모습으로 훅 다가와요. 음, 그냥 살아 있다고 생각을 해요. 별이 됐다는 게 사실 좀 안 믿겨요. 애초에 만나 보지 못한 친구잖아요. 얘기만 듣다 보면 여전히 그냥 있는 아이 같거든요. 이런 애가 있구나 싶죠. 그래서 엄마아빠들 만나서 아이 이야기 듣는 게 좋았죠. 생일모임 주인공의 친구들을 만나는 것도 좋았고요. 왜냐면 훨씬 더 생생하잖아요.

안 믿을 것 같아서 사람들에게는 별로 말하지 않았지만 나도 그런 생각을 할 때가 많았다. 별이 된 아이가 살아 있다는 생각 말이다. 생일모임을 준비하며 친구들에게 주인공 이야기를 듣다가 "근데 얘 전화번호는 뭐니?"라는 말이 튀어나오거나, 생일모임 당일에 주인공이 왜 아직 안 오나라는 생각을 할 때가 종종 있었다. 동영상을 만들다 모르는 게 생길 때면 나중에 당사자에게 물어봐야지 생각하다가 퍼뜩 아… 하고 실망하던 때도 있고 말이다. 한 달 내내 아이 이야기를 듣던 자원활동가들 중에는 이런 이들이 많았겠지 싶다. 누구보다 친구들에게 눈 맞추었던 진선미 선생님이라면 이보다 더 많은 생각들이 있었겠지.

Q. 생일모임을 준비하며 별이 된 아이의 친구들도 많이 만났잖아요. 좋아하는 청소년들을 잔뜩 만나셨겠어요.

A. 네, 참 좋았어요. 가끔은 생일모임 준비하면서 별이 된 아이의 친구들을 만나는 게 너무 좋아서 고민도 됐어요. 이거 너무 좋아하는 티 나면 안 될 텐데 싶어서요. 이 좋아하는 내 모습에 어떤 미안한 마음도 들고, 또 다른 사람들한테 어떻게 보일까? (웃음) 좀 자제해야 하지 않나, 눌러야 하지 않나? 이런 생각도 했었어요.

Q. 아이들 이야기가 나오니 표정이 달라지셔서 얼마나 좋으신지 알겠어요. 그 친구들에게 생일모임은 어떤 의미이던가요?

A. 우선 가장 큰 건, 기억을 공유하는 사람들이 생긴다는 거? 그게 제일 중요한 거 같아요. 생일모임에서 나누는 기억이 굉장히 구체적이에요. 구체적인 것은 잊히지 않는 거잖아요. 이 기억을 공유하고 있는 사람들이 생긴다는 게 큰 힘이죠. 엄마아빠에게는 견딜 수 있는 힘이었을 거고요. 아이 생일이 너무 힘들잖아요. 생일모임을 통해서 힘든 그 시기를 견디고 지날 수 있었을 것 같아요.

구체적인 기억은 잊히지 않는다는 말에 밑줄을 긋고 싶어졌다. 수십 명의 생일모임을 했고 꽤 많은 시간이 흘렀지만 정말 잊히지 않는 기억이 많다. 바람이 부는 날이면 생각나는 친구, 뒤집어 놓은 양말을 볼 때면 생각나는 키 크고 마른 그 친구, 검도복만 보면 자동으로 떠오르는 눈이 부리부리한 친구, 오다 주웠다며 무뚝뚝한 얼굴로 우유를 내밀던 친구는, 정말이지 흰 우유만 보면 꼭 떠오른다. 그저 착한 아이, 순한 아이, 활발한 아이였다고만 했다면 지금껏 간직하기가 쉽지 않았을 것 같다. 추운 날이면 제 코트 주머니에 엄마 손을 같이 넣던 아이, 꼭 니베아 크림만 바르던 아이, 좋아하는 음악이 나오면 허공에 대고 미친 듯이 지휘를 하던 아이를 잊을 도리가 있나.

Q. 세월호 참사 후 유가족의 슬픔에 대해서는 많이 이야기되었지만, 별이 된 아이들의 친구들 슬픔에 대해서는 많이 알려지지 않았어요. 참사로 친구를 잃고 슬퍼할 또래들이 있다는 사실조차 생각하지 못하기도 했고요. 선생님은 가까이에서 그 친구들을 오래 지켜보셨네요. 어른들이 들여다봐 주지 않았던 그 아이들의 슬픔이 어땠을지 궁금하네요.

A. 정말로 몰랐던 이야기들을 들었던 것 같아요. 이 친구들이 그동안 얼마나 많은 아픔을 눌러 놓고 있었는지, 또 표현하지 못하는 것들이 얼마나 많았는지 알게 됐죠. 그리고 '보고 싶다'는 말의 무게감을 이 친구들을 통해서 깊게 느꼈던 것 같아요. 정말 쿵 내려앉았거든요. 이게 엄청난 말이구나. 정말 깊이를 알 수 없는 곳에서 쏟아져 나오는, 터져 나오는 말이구나 싶었어요. 친구들

의 '보고 싶다'는 말은 무겁고 엄청난 말이에요. 물론 엄마아빠들도 이 말을 많이 하셨잖아요. 그런데 아이러니하게도 엄마아빠들보다 이 친구들의 말이 저는 훨씬 강하게 다가왔어요. 또 친구들이 자주 하던 말이, 누군가를 대신해서 살아야 한다는 거였어요. 그 말이 기억이 나요. 누굴 대신해서 산다니, 그게 도대체 뭔지를 모르겠는 거예요. 나도 모르는 건데, 이 아이들이 이런 짐을 지고 살아야 돼? 하는 의문이 들었어요. 그 말이 그렇게 슬프더라고요.

친구들이 눈물을 흘리며 '보고 싶어요'라는 말을 했을 때의 놀라움을 기억한다. 별이 된 친구가 보고 싶다는 말이 뭐 그리 대단한 말인가. 하지만 나는 대단하지 않은 그 말이 너무 놀라웠다. 솔직히는 그 말에 놀라는 내 '마음'에 놀랐던 것 같기도 하다. 미처 생각하지 못했던 존재인 친구들이 있음을 인식하게 된 순간이었고, 그동안 내가 철저히 부모의 시선으로만 세월호 참사를 대해 왔다는 걸 알게 된 순간이기도 했다. 아, 이들도 슬프구나. 아, 이들도 그리워하는구나, 라는 당연한 사실을 그제야 실감했다고 할까. 어쩌면 나는 보고 싶다는 말이 유가족만의 것이라는 생각을 해 왔던 건 아니었을까. 슬픔을 나누는 일에 나선 나조차도 친구들의 슬픔을 몰라 주었던 셈이다. 홀로 숨어서 울고 있던 친구들을 생각하면 지금도 나는 미안하다.

Q. 당연한 슬픔인데도 드러내지 못했던 슬픔이라 더 아프게 다가오네요. 이야기하는 쪽에서는 그동안 드러내지 못했던 것이라 꺼내기도 쉽지 않았을 같아요. 또 이야기를 듣는 선생님의 마음은 힘들지 않았을까

싶고요. 그 과정이 어떠셨나요?

A. 이웃에서는 이야기해도 된다는 안전한 분위기가 기본적으로 있었던 것 같아요. 아무래도 유가족을 만나는 곳이니까 자연스럽게 생긴 분위기죠. 존중이나 배려, 이해하려는 마음들이 계속 유지됐던 것 같아요. 그렇다 보니 대부분 자기 마음을 잘 얘기해 줘요. 무척 아프거나 힘든 얘기를 하게 되는데, 좀 모순이지만 그게 참 좋았어요. 그 이야기를 듣는 것 자체도 좋고요. 내 얘기를 대신 해 주는 것 같은 느낌도 들었어요. 그래서 참 고맙기도 하고, 오히려 제가 위로를 받기도 했어요.

Q. 더 듣고 싶지만 이웃에서 했던 역할이 많으셔서 한 가지 이야기만 계속할 수가 없네요. (웃음) 이번에는 뜨개 전시 얘기를 좀 해 볼까 해요. 두 번의 이웃 뜨개 전시에서 여러 일들을 하셨잖아요. 첫 번째 전시 때는 어떤 일을 하셨는지요?

A. 첫 번째 서울에서 전시할 때는 글을 주로 썼어요. 엄마들 인터뷰하고 「그 사람에게」라는 전시물 글을 썼죠. 결국 엄마들의 말을 담는 건데요. 그 말을 조금 담담하게, 그렇지만 사람들의 마음에 닿을 수 있게 엄마들의 말을 옮기는 작업이었어요. 그러다가 포스터도 만들게 되고… 그랬어요.

Q. 서울에서 했던 첫 번째 뜨개 전시는 꽤 많은 분들이 관람하기도 했고 언론 보도도 많이 되었어요. 그때 서울 뜨개 전시는 어떤 힘을 발휘했다고 생각하시는지요?

또 어떤 점이 특히 잘한 점이라고 보시는지?

A. 우선 저는 전시장 안보다 전시장 밖에서 일어난 일들에 좀 더 의미를 두고 싶어요. 물론 사람들에게 전달한 것도 잘됐고, 또 많은 사람들이 다녀갔으니까 아주 잘된 일이죠. 그런데 저는 전시 전의 시간이 더 멋있었어요. 막 멋있었거든요. 어떻게 사람들의 마음에 닿을 수 있는 전시를 할까에 대한 고민이 굉장히 많았어요. 그 그리운 마음을 느끼게, 그릴 수 있게 하려고요. 어떻게 보여 줄 것인가에 대한 회의를 많이 거쳤고, 여러 차례 수정을 했고요. 준비하는 과정에 여러 선생님들의 잘해 보자는 마음들이 어떻게 이렇게 잘 뭉쳐질 수 있나 싶게 엄청났어요. 감동이었죠. 정말 많은 사람들의 손이 갔던, 정말 멋있는, 정말 손과 힘과 마음을 보탰던 전시 전의 시간들이 있어서 '막막막' 멋있었어요.

진선미 선생님을 아는 분이라면 아마도 이 부분은 음성이 지원되지 않을까 싶다. 감탄사 반, 단어 반으로 이어지는 진선미식의 화법 그대로 말이다. 글로 전하는 한계를 생각하여 반복되는 감탄 문구를 꽤 제거했음에도 진선미다운 말투가 느껴진다. 하여튼, 진선미 선생님이 흥분하여 말한 대로 전시를 준비하던 과정은 '정말' '막' 멋졌다. 마루 가득 뜨개 컵받침을 펼쳐 놓고 몇 날 며칠 바닥에 코를 박고 바느질을 하던 사람들, 연결된 컵받침이 뜯어지지 않게 하려고 건축가 남편까지 동원해 연결법을 연구하던 분, 수북한 뜨개 작품 옆에서 인터뷰하는 사람, 또 그 옆에서 대형 작품을 뜨고 있던 엄마들, 그 와중에 밥 먹고 하라며 뜨개 작품 사이사이로 밥상을 내놓던 자원활동가까지…. 아, 멋진 장면들이 '정말' '막' 떠오른다.

Q. 첫 번째 서울 뜨개 전시와 두 번째 안산 야외 전시는 각각 어떤 의미의 전시라고 보면 될까요?

A. 유가족 엄마들이 처음 뜨개 할 때는 그저 시간을 보내기 위해서 하는 거였어요. 특별한 목적 없이 그냥 시간을 보내는 방법으로요. 그저 견디는 시간들인 거죠. 시간을 건너뛸 수 있는 도구 같은 거요. 뜨개로 시간을 건너는 거예요. 첫 뜨개 전시는 그런 엄마들의 시간을 보여 준 거라고 생각해요. 그에 비해서 안산에서의 전시는 함께하고 있다는 마음, 잊지 않고 있다는 마음을 같이 공유하는 자리였던 것 같고요. 그리고 두 번째 전시는 야외 전시였잖아요. 또 안산에서 이루어진 전시고, 안산의 많은 사람들이 좋아하는 공간에서 했던 거고요. 그래서 안산 사람들의 마음을 어루만져 주고 싶은 마음도 되게 컸어요. 그래야 같이 살 수 있으니까. 되게 험한 마음들도 종종 있잖아요. 그 마음들을 좀 따뜻한 방식으로 설득하고 싶은 그런 마음도 있었죠. 그래서 최대한 따뜻하게, 은근하게, 그리고 같이 누릴 수 있도록 하고 싶었어요. 이 공원에 아이들이 올 테니까 그렇게 함께하는 곳으로 느껴지도록 말이죠.

Q. 안산 뜨개 전시 때 전시 관람하는 시민들도 보셨어요? 느낌이 어떠셨어요?

A. 전시 보고 따뜻한 말을 해 주시는 분도 계셨어요. 생각하고 있다고, 고맙다고. 그리고 그냥 저는 예쁘다, 아름답다고 느끼는 것도 되게 의미 있는 일이지 않을까 생각해요. 왜냐하면 거기는 공공의 공간이고 그냥 불특정 안산 시민들의 공간이잖아요. 사람

들이 예쁘다고 따뜻하다고 느끼는 건 눈에 잘 드러나지는 않지만 어떤 힘이 될 수 있는 베이스가 되지 않을까, 라는 희망을 가져 보네요.

Q. 야외 전시라 과정도 쉽지 않고, 의미도 작지 않은 전시인데 예술감독 제안을 받았을 때 부담스럽지는 않으셨어요? 거절하고 싶었을 수도 있을 텐데요.

A. 잘할지는 모르겠지만 해 보고 싶다고 얘기했어요. 그때 제 전시도 같은 시기에 맞물려 있어서 이런저런 조정을 하기 쉽지 않은 상황인데 그래도 내가 해도 괜찮겠냐고 물어봤죠. 그래도 저는 이웃을 좋아하니까, 이웃 사람들이랑 같이 하는 것이면 하고 싶다는 마음이 컸어요.

자원활동가들에게 일거리를 부탁해야 할 때면 나도 모르게 마음의 준비를 하게 된다. 상황이 안 되어 거절하는 경우라면 두말없이 알았노라 하지만, 능력이 안 된다며 겸손으로 손사래를 치면 이런저런 설득될 말들을 해야 하기 때문이다. 그래서 부탁할 일이나 제안할 일이 생기면 몇 가지 말들을 속으로 정리해 두고는 했다. 그러고는 조금이라도 여유 있을 때 말을 꺼내려고 이리저리 분위기를 살피다가 어렵게 이야기를 시작하고, 몇 차례 주거니 받거니 말을 하다가 활동가가 수락을 하는 식이다. 진선미 선생님에게는 유난히 더 부탁할 일이 많았다. 리플릿을 만들어 달라, 생일모임을 준비하는 활동가가 되어 달라, 뜨개 전시 준비 작가를 맡아 달라, 예술감독을 맡아 달라까지. 그런데 진선미 선생님은 부탁하는 내 말이 끝나자마자 다른 어떤 말도 없이

"네"라고만 답했다. 그냥 그게 끝이었다. 보통은 정확히 어떤 일인지, 시간이 얼마나 걸리는지, 원하는 형태가 뭔지 등을 물어보는데 진선미 선생님은 늘 묻지도 따지지도 않았다. 그냥 늘 "네"였다. 나름 분위기를 살피고 할 말을 준비했던 나로서는 적잖이 당황스러웠다. 예술감독을 부탁했을 때는 되려 내가 "선생님, 진짜 괜찮으시겠어요?"라고 물어보기까지 했다. 아, 지금 돌아보니 그때에도 대답은 "네"였군. 이 사람, 참.

Q. 이웃이 왜 좋으셨어요?

A. 저는 이웃 샘들이 좋았어요. 멋있어요. (웃음)

Q. 어떤 게 멋있으셨어요?

A. 첫날에요. 정말 어수선한 그 첫날에 어떤 자원활동가를 봤어요. 짧은 커트 머리에 좀 마르신 분이었어요. 저는 좀 어쩔 줄 모르고 뭐 해야 하지? 뭘 하지? 그러고 있었죠. 그런데 이분은 그냥 자연스럽게 밥도 하고, 설거지도 잘하고 뭔가 살림을 굉장히 잘하시는 거 같았어요. 그런데 아무렇지 않게 하는 거죠. 부엌 앞에서서 상황을 이렇게 지켜보면서요. 뭔가 과하다거나 하지 않고, 그냥 담담하게요. 그분이 되게 멋있었어요. 든든하고요. 그 사람에게서 어떤 기운을 느꼈는데, 정말 아무렇지도 않게 멋있는 사람이라고 생각했어요. 어떤 태도 나지 않게. 어디에 있어도 이렇게 멋있게 존재하고 있겠구나 하는 이런 믿음이 탁 드는 사람이었어요. 어딘가 자기가 선 자리에서 뭔가를 하고 있는 사람이겠구나. 우선 그 첫인상이 정말 강하게 다가왔어요. 이웃 사람들이

그래요. 밥상 차릴 때도 그렇고, 다른 활동을 할 때도 그렇고 다들 뭔가를 잘하시는 분들이세요. 그냥 정말 아무렇지 않게요. 그렇게 있어 주죠. 생일모임 같은 걸 할 때 보면 더 그래요. 내가 못 보는 걸 이 사람은 보고, 저 사람은 보고. 서로가 필요한 존재예요. 정말 있어야 하는 사람들, 각자 다 잘하는 것들이 있는 사람들, 그게 그냥 따뜻한 사람들. 막 그냥 아무렇지도 않게 멋있는 사람들이요.

Q. 한 사람의 완벽한 능력이 아닌, 각자 가진 것들을 내어놓아서 그것이 이웃을 만들어 간 것 같네요. 특별하지 않은 사람들이 모였지만 그걸로 이웃이 특별해진 것 같아요. 선생님 또한 이웃에 어떤 기여를 하셨잖아요. 나로 인해 이웃은 어떻게 달라졌을까요?

A. 무슨 영향이요. 나로 인해서 아니고요. 아닌 것 같고요. (웃음) 어떤 즐거움을 주긴 했을 거예요. 약간 어리버리한 즐거움이요. (웃음)

Q. 각자의 조금씩의 영향이 그런 공간을 만들어냈다고 생각해요. 분명 7년을 오고 가셨는데 아무것도 안 하지 않았죠. 예술감독도 하셨고, 연근조림도 하셨는 걸요. 그럼, 반대로 여쭤볼게요. 이웃에서의 7년 시간이 선생님의 삶에는 어떤 영향을 끼쳤을까요?

A. 사람에 대해 미리 예측하는 걸 덜하게 되었어요. 예측이란 어떤 선입견 같은 거죠. 알고 보니 저마다의 사정들이 다 있구나,

하는 걸 알게 된 것 같아요. 그 사람에 대해 어떤 관심을 기울이게 되면요, 관심을 기울인다는 것은, 그 사람을 좋아하게 되는 일 같거든요. 그 사람이 못나도, 물론 누가 못났다는 얘기는 아니에요. 내가 전에는 싫어했다고 생각하는 점들이 있어도 그이를 좀 더 알게 되면 좋아하게 되는 것 같아요. 사람에 대한 애정을 좀 더 갖게 된 거죠. 관심이랄까요. 알고 보니 사람들은 저마다 각자의 삶이 있고, 자기 몫의 삶을 살아가고 있다는 것을 느끼게 됐어요. 조금 더 사람을 좋아할 수 있는 마음이 커진 것 같고요.

Q. 엄청난 무기가 생겼네요. 그럼, 예술가로서의 삶에는 어떤 영향을 받으셨나요? 작업에서 얻게 된 화두가 있을까요?

A. 생일모임에서 아이들을 알게 되고, 그 아이들의 일상 모습을 보면서 생각한 것들이 있어요. 사람들이 지나오는 시간들이 있잖아요. 태어나서 뒤집고 기고 걷고 자전거 배우고 친구들과 놀러 가고, 밥 먹고 노는 그런 일상적인 장면들이 아프게 다가오기도 했어요. 하지만 또다시 바라보게 되죠. 길 가는 사람들을 보면서도 좀 더 따뜻하게 보게 된 것 같아요. 횡단보도 앞에서 꼬맹이 지나가는 모습, 학생들이 장난치는 것, 공원에서의 일상적인 모습, 식당에서 밥 먹는 모습들이 특별하게 보이게 됐어요. 그냥 지나가는 것이 아니라요. 그런 장면들을 보면서 기도하게 된다고 할까요? 잘 지속되고 잘 살기를. 이런 마음을 품게 되었어요. 특히나 학생들을 보면 그 마음, 기도 같은 게 좀 더 크게 나오죠. 전에는 좀 미운 모습이었는데 말이죠. 쟤네 왜 저래? 하던 것들이, '그

렇지만 너는 너의 인생을 잘 살아가기를 바라' 같은 기도를 하게 돼요. 그냥.

Q. 마지막 질문이에요. 이웃 사람들에게 하고 싶은 말씀이 있다면 해 주세요.

A. 뭐 별게 없더라고요. 딱 두 가지예요. 그냥 안녕하시라고. (웃음) 안녕들 하시고, '각자 사는 곳들이 다르니까 그 자리에서 이웃으로 잘 살고 계셨으면 좋겠다'와 '내가 좋아한다!' (웃음) 제가 좋아한다고요!

사람에 대해 미리 생각하는 걸 덜하게 되었다는, 말하자면 선입견을 갖지 않게 되었다는 말이 눈에 들어온다. 꼭 그런 뜻으로 한 말은 아닌 것 같지만, 하여튼 진선미의 인터뷰는 예상과 다르다. 선입견을 갖지 않게 되었다는 말을 나 들으라고 했나 싶게 말이다. 정말이지 예상과 다르다. 달라도 아주 많이 다르다. 예상으로는, 이 양반 말을 잘 못하는데 어쩌나 싶었다. 웃음 반, 말 반 또는 감탄사 반, 말 반으로 이야기할 텐데 어쩌나 걱정을 했다.

그런데 웬걸. 어록으로 남을 말들을 줄줄이 한다. 왠지 부탁할 때마다 "네"라는 답을 들을 때의 기분 같다. 마음을 설득하려고 준비해 둔 말이 깡그리 소용없어지던 순간, 당신의 능력이 얼마나 훌륭한지 말해 주려고 정리해 둔 것들이 모조리 필요 없어진 그때의 마음 같다. 좀 어이없고 또 좀 웃겼던 그 순간 말이다. 설득하려고 준비했던 말들은 나를 위한 말이 아니라, 당신을 위해 준비해 두었던 말들이었다. 당신 진선미가 얼마나 멋진지, 얼마나 우리에게 필요한지 말해 주고 싶었는데 언제나 그 말을 할 수 없게 한 건 바로 진선미였다. 하, 참 그때랑 똑같네. 예상과 달리 이렇게 말을 잘해 버리면 어쩌나. 당신이 다 채우지 못한 문장들을 이렇게 저렇게 채워 주려고 생각해 두었는데. 말 대신 터트리는 웃음이나 감탄사를 단어로 바꿔 주려고 생각해 두었는데. 왜 이번에는 이렇게 말을 잘하느냔 말이다. 뭔가 어리버리해 보이지만 세상 그렇게 깔끔하게 설거지하는 사람이 없다는 실장님 얘기며, 제일 오이를 잘 써는 사람이라는 거, 엄마들 이야기를 그렇게 정확하게 또 그렇게 담담하게 전하는 사람은 없을 거라는 거, 별거 아닌 듯이 물 묻은 손으로 내밀던 뜨개 전시 구상도에 얼마나 감동했었는지에 대해, 마지막으로 디자인해 준 봄 소풍 컵 디자인에 한참을 울었다는 것도 살짝 말해 주고 싶었는데. 참, 사람이 왜 그래. 왜 이제서 말문이 트이고 그래. 왜 아무렇지도 않게 갑자기 말을 잘해. 어, 말이야. 왜 아무렇지도 않게 멋지고 그러냐고.

색다른 걸음

색다른 걸음

설거지하실래요, 시 쓰실래요?

이웃에서 자원활동을 했다고 하면 대개는 주방 일을 한 경우다. 더러는 뜨개모임이나 생일모임을 돕기도 하지만 이분들 역시 주방 일을 병행하고는 했다. 매일 차리는 밥상이다 보니 많은 손이 필요했기 때문이다. 물론 주방 일도 그저 한 묶음으로 퉁치기에는 복잡한 여러 종류의 일들이 있다. 누구나 한 번쯤 하게 되는 설거지부터 어지간한 고수가 아니면 맡겨지지 않는 나물무침까지 다양하다. 이렇게 할 일 많던 이웃 주방 일을 거쳐 간 이들이 수백 명이 넘는다. 이들의 수가 많다 보니 각자의 이력도 무척이나 다양했다. 하지만 바빠서였는지 같이 일한 지 일 년이 다 되어서야 본래 직업을 알게 되는 경우도 있었다. 하도 생선 손질을 잘해서 생선 장사를 하나 했는데 직업이 교수라는 걸 알고 놀란 일도 있고, 유난히 음식량 계산을 잘한다 했는데 수학 강사라는 얘기에 한참 웃은 일도 있다.

하지만 직업을 알고 한동안 신기해하다가도 다시금 모두 주방 일에 집중했다. 이웃에 필요한 일을 하기 위해 온 것이니 지금 당장 눈앞의 설거지가 제일 중요했기 때문이다. 물론 그분들 모두 자신의 직업이나 재능으로 도울 일이 있었다면 발 벗고 나서주었을 것이다. 수학을 가르칠 일이 있다면, 번역해야 하는 일이 있다면 또는 교수로서의 기량을 나누어야 할 일이 있다면 당장 앞치마를 벗고 또 그 일감 앞에 앉았을 것이다. 또 실제로 그렇기도 했다. 내내 설거지를 하던 작가가 이웃의 기록 작업에 나서기도 하고, 어제는 밥상을 차리던 이가 오늘은 별이 된 아이의 생일 시를 쓰느라 책상 앞에 앉는 식이다.

이웃은 그랬다. 당장 필요한 일이 가장 귀한 일이었다. 자격증이 수백 개여도, 재능이 하늘을 찔러도 이웃에서 필요한 일이 아니라면 무용지물일 수밖에 없다. 하지만 그런 이웃에서도 본래의 자격증과 재능으로 귀한 역할을 해낸 분들이 있다. 이분들은 이웃에서 아이들의 생일 시를 썼고, 이웃 벽면을 가득 채울 봄 소풍 그림을 그렸다. 친구들의 이야기를 담은 다큐멘터리 영화를 만들었고 이웃의 공간을 디자인했다. 부모들의 몸을 만져 주었고, 생일모임의 생생한 모습을 사진에 담아 주었다. 또 정성스레 키운 닭이 낳은 달걀을 보내 주었고, 침과 뜸으로 몸과 마음을 돌봐 주었다. 동네 사람들의 이해를 돕기 위한 책을 만들거나 이웃의 홈페이지를 설계해 주는 이도 있었다. 이웃이 해결해야 할 일이 생길 때면 길목마다 도와줄 이를 만나게 되는 것 같았다. 꼭 기다리고 있었다는 듯이 말이다. 그것도 전국의 내로라하는 최고의 해결사들이 나타나니 매번 놀랍기만 했다.

아마 다른 곳에서라면 이분들은 많은 돈을 받거나 더 칭송받으며 일했을지도 모르겠다. 하지만 이분들은 도리어 이웃에게 고맙다는 인사를 하고는 했다. 도울 수 있게 해 주어 고맙다고, 함께할 수 있어 다행이라고 말이다. 이웃에서 흔치 않은 일을 해냈던 분들이지만 나오는 말들은 역설적이게도 지극히 평범했다. 부탁하는 내가 오히려 고맙다는 인사를 듣는 기현상이 이웃에서는 늘 벌어지고는 했는데 이분들 역시 같은 말을 하고 있었다. 설거지

할 기회를 줘서 고맙다거나, 아이의 생일 꽃을 놓을 수 있게 해 주어 고맙다는 그런 인사와 별반 다르지 않은 말들 아닌가. 주면서도 미안하고, 하면서도 고맙다는 이런 말은 이웃에 자주 등장하는 말이었다. 조금은 남다른 일을 했던 분들도 별수 없이 같은 말을 하니 웃음이 나오기도 하고 뭉클하기도 하다. 무엇을 하든 서로가 같은 마음이니 당연한 일이기도 하지만 말이다.

흔치 않은 자원활동을 했던 분들을, 특별한 일을 한 분들이라 소개하려 했는데 아무래도 관둬야 할까 보다. 이웃의 모든 분들이 특별하니까 말이다. 또 이웃의 모든 분들이 평범하니까 말이다. 모두가 특별하고 또 모두가 평범하니까. 시를 쓰든 설거지를 하든 말이다. 물론 시를 쓰는 일이 흔치 않은 일인 것만은 확실하다. 밥하는 것보다는 훨씬 색다른 일이니까 말이다. 사진을 찍는 일도, 영화를 만드는 일도, 또 마사지하는 일도. 특별하지는 않지만 색다른 것이란 만큼은 확실하다. 그래, 특별하다는 말 대신 색다르다는 말로 몇몇 분들을 소개해야겠다. 음, 지극히 평범하지만 동시에 색다른 그분들을.

실패하면 안 되거든요

이름 | 김동현

나이 | 1977년생

별명 | 찰칵. 치유공간 이웃에서 얻은 별명입니다.

사는 곳 | 경기도 이천에서 살고 있습니다.

사진가로서 이웃에서 별이 된 아이들의 생일모임 장면을 담았습니다. 7년간 모두 예순 번의 생일모임 중 37회나 그 자리에 함께했습니다. 지금도 기록하는 일을 합니다. 기록이 필요한 박물관, 대학 연구소, 마을에서 공간과 사람들의 이야기를 사진과 영상으로 담아내고 있습니다.

"실패하면 안 되는 사진이거든요."

자주 듣던 이야기다. 실패하면 안 된다는 말, 정말 잘 찍어야 한다는 말을 김동현 님은 자주 했더랬다. 서른일곱 번의 생일모임 사진을 찍는 동안 늘 그랬다. 생일모임 당일이면 그는 조금 상기되거나 긴장된 표정으로 이웃 문을 열고 들어섰다. 또 올 때마다 들쳐 멘 장비 가방의 부피도 커지는 것 같았다. 장비를 내려놓으며 다른 자원활동가들과 반갑게 인사하며 웃지만 초조한 눈빛은 감추어지지 않았다. 어떻게 보면 첫 출근하는 신입사원 같기도 하고, 많은 사람 앞에서 발표를 앞둔 팀장 같기도 했다. 매번 새로운 아이들이 생일모임의 주인공이었지만 이야기가 진행되는 순서, 좌석 배치, 사진과 물품 전시대의 위치는 동일했다. 이러한 순서와 위치에 대한 내부 규칙이 있으니 새로운 자원활동가들이 와도 물품을 놓거나 손님들의 자리를 안내할 수 있었다. 김동현 님도 정해진 생일모임의 수순에 따라 찍어야 할 사진에 대한 큰 얼개의 규칙을 세워서 작업했다. 게다가 김동현 님은 이웃의 전속 사진사와 다름없었기 때문에 생일모임 사진이라면 눈을 감고도 찍을 수 있었을 테다.

하지만 그는 당최 익숙해지지 않는 것 같았다. 매번 긴장했고 또 매번 초조해했다. 늘 감탄스러운 사진을 찍으면서도 늘 걱정했다. 그가 참여한 모든 생일모임마다 똑같았다. 그날도 긴장한 표정으로 이웃의 조명 상태와 사람들의 움직임과 물품들의 배치를 빠르게 살펴보았다. 아마 그는 당최 익숙해지지 않는 게 아니라, 절대로 익숙해지지 않기로 다짐했던 모양이다. 그날도 역시 잘 찍어야 하니까 말이다. 실패하면 안 되니까 말이다. 그리고 이 친구의 생일모임은 이번 한 번뿐이니까 말이다.

그런 김동현 님을 만난다. 이번에야말로 카메라로 보는 이웃이 아닌, 김동현 님의 맨눈으로 보는 이웃의 이야기를 들어 볼 수 있겠다. 카메라는 놓고 오라 했으니 커다란 가방을 메고 오지는 않겠지. 그리고 긴장과 초조도 놓고 오시겠지. 아, 그러면 또 이게 안 익숙하겠군. 하여간.

Q. 자기소개를 부탁합니다.

A. 김동현입니다. 제가 진짜 직업이 많아요. 세월호 혹은 치유공간 이웃으로서의 정체성으로 얘기하자면 사진가예요. 원래는 안산 지역에서 '아름다운가게'라는 곳에 있었어요. 2011년 4월부터 했었어요.

Q. 안산에 2011년 4월에 오신 거예요?

A. 안산에 와서 아름다운가게 상록수 매장 운영을 했어요. 저는 그곳을 지역 사회와 소통하는 공간으로 만들고 싶었어요. 그래서 지역 사회랑 같이할 수 있는 게 없나 여기저기 들쑤시고 다니면서 사람들도 많이 만나고 그랬어요. 안산은 연고가 없는 지역이다 보니 사람들도 소개받고 모임도 들어가고 그러면서요. 몇 년간 아주 바쁘게 지냈어요.

Q. 그럼, 안산에서 아름다운가게 일을 하신 지 3년쯤 되었을 때 세월호 참사가 난 거군요. 그 소식은 어디에서 무엇을 하다가 들었는지요?

A. 매장에 있다가 소식을 들었어요. 손님들이 계속 들락거리는 곳이잖아요. 손님들께 들었어요. 확인해 보니 큰 사고더라고요. 그런데 감이 안 오는 거예요. 배가 전복된다는 게 뭔지, 구체적인 감각이 없잖아요. 그건 상식에서 완전히 벗어나는 일이니까 실감 나게 느끼지 못한 거죠. 그러다 전원 구조 소식이 나오니까 '아, 잘됐네' 했죠. 그 정도로 생각하고 매장에서 원래 하던 일을 그냥 했어요. 그런데 나중에 보니까 아닌 거예요. 오보였다느니

하는 이야기가 나오니까 '이건 또 뭐야' 했죠. 막연하게나마 구조 능력에 대한 믿음이 있었나 봐요. 사고가 나면 당연히 사고 수습을 하잖아요. 이런 개념이 자동으로 탑재되어 있었으니까요. 전원 구조가 오보였지만 그 기사 나왔을 때 당연히 '그럼, 그렇지' 했어요. 그 오보가 너무 자연스럽게 받아들여졌던 거예요. 나중에 그게 잘못된 기사였다는 걸 알고 당황했어요. 어? 하면서요. 세상이 그냥 평면처럼 느껴지고 쩍 갈라진 거 같은 느낌이요. 뭔가 잘못됐다는 느낌, 뭔가 산산조각 난 것 같은 그런 느낌이었어요.

Q. 그럼, 치유공간 이웃은 어떻게 알게 되신 거예요?

A. 아름다운가게랑 협력하던 복지관의 담당 직원이 이웃 행사 사진 촬영 부탁을 해서 알게 됐어요. 그런데 잘못 알려 줬죠. 제가 당시에도 일하면서 다큐멘터리 사진가로 활동했거든요. 여기저기 행사가 있으면 그냥도 찍어 드리기도 하고요. 그래서 촬영 부탁이 종종 있었어요. 그때 생일잔치가 있는데 와서 사진 좀 찍어 달라고 하더라고요. 분명히 생일잔치, 잔치라고 했어요. 지금 생각하니 그때 복지관 담당자가 띄엄띄엄 알았던 거예요.

Q. 그냥 생일잔치라고만 했나요? 앞뒤 설명 없이요?

A. 그냥 생일잔치가 있는데 와 달라. 세월호와 관련된 건데 생일잔치라고요. 그때 제가 세월호 관련해서 뭔가 할 수 있는 게 없을까 하고 기웃거리고 있을 때였거든요. 그런데 기회나 여건이 잘 안 됐었어요. 그러던 차에 와 달라 하니까 갔죠. 또 사진은 뭐 내가 잘 찍으니까, 그러면서 갔어요. 그런데 웬걸? 잔치가 아니었

던 거예요. 들어가서 행사에 대한 얘기를 살짝 듣고는 배터리를 산다는 핑계로 밖에 나왔어요. 당시 제 사진 선생님께 전화했죠. 선생님, 저 이런 당황스러운 상황인데요… 하고요. 선생님은 "동현 씨, 원래 하던 대로 그냥 찍으면 돼. 괜찮아, 괜찮아. 당황하지 마." 이렇게 말씀해 주셨죠. 물론, 잔치인 줄 알고 간 건 맞지만 노는 걸로 알고 간 건 또 아니었어요. 그런데 막상 가 보니 제가 감당하기엔 너무 무거운 자리였어요.

아, 얼굴이 빨개진다. 제대로 된 설명도 듣지 못하고 이렇게 오셨을 줄이야. 얼마나 당황했을까. 생일모임에 참여하는 이들은 대부분 행사의 취지를 알고 참여한다. 설명을 듣지 못한 채 막연히 '생일잔치'라고만 생각하고 왔다가 당황하는 경우가 간혹 있어서, 생일모임을 설명하는 일에 이웃은 특히 신경을 많이 써 왔다. 그런데 서른일곱 번의 생일모임 사진을 찍어 주었던 김동현 님의 첫 만남이 이랬을 줄이야.

사실 '생일'에 '잔치'라는 단어가 붙는 것은 너무 자연스럽다. 별이 된 아이들을 위한 생일날에도 색색의 풍선을 달고 예쁜 케이크를 놓고 그날을 축하한다. 하지만 주인공이 없는 생일을 '잔치'라 부르기는 쉽지 않았다. 생일 촛불을 꺼야 할 친구가 없다는 사실, 잡채를 맛나게 먹으며 좋아할 언니와 동생, 오빠가 없다는 게 도무지 납득되지 않는 이들에게 '잔치'라는 말은 너무 아팠고 너무 슬펐다. '잔치'라는 말은 당장 이곳에 와서 저 고깔모자를 써야 할 친구가 없다는 걸 더 아프게 확인시켜 주는 것 같았기 때문이다. 그래서 우리는 그날을 '생일잔치'라는 말 대신 '생일모임'이라 불렀다. 사람들이 습관처럼 '생일잔치'라고 하면 그때마다 조용히 '생일모임'이라고 바꾸어 말했다. 매번 꿋꿋

이 말이다. '잔치'라 불러 마땅할 그날을 '모임'이라 바꾸어 부르는 게 불쑥 화가 날 때가 있었지만, 그래도 인내심을 가지고 그렇게 불렀다. 생일날 주인공이 없다는 사실에 복받쳐 쓰러질 누군가를 부축하는 마음으로 꾹꾹 힘을 주어 '생일모임'이라고 불렀다.

Q. 무척 당황하셨을 것 같네요. 생일모임 사진 찍기가 쉽지 않으셨겠어요.

A. 네, 그랬죠. 그리고 실수를 했죠. 훈련되지 못한 사진가들이 저지를 수 있는 그런 흔한 실수를 했어요. 오버한 거죠. 그때 저 말고 다른 또 한 분이 같이 찍었거든요. 사실 그 사람을 보면서, 과하다고 생각했어요. 다큐멘터리 사진 작업의 기본을 안 지키는 것 같았거든요. 그런데 저도 이래도 되나 싶으면서 따라 하기는 했죠. 여기서는 되나 보다 하고요. 사실 저는 그런 식으로 찍는 거 별로 안 좋아하거든요. 왜냐하면 사진은 생각보다 별로 중요하지 않아요. 사진을 좀 잘 못 찍어도 상관없는 경우가 많거든요. 행사 자체가 더 중요하죠. 행사에 비해 사진은 부수적이라는 게 지금까지의 제 생각이에요. 그런데 사진이 뭐라도 되는 것처럼 여기는 사람들이 있어요. 그러다 욕심내고 억지를 쓰다 보면 유가족들이 펑펑 울고 있는데 분향소의 제단까지 올라가서 사진을 찍는 그런 짐승 같은 사람이 되는 거죠. 그래서 못 찍는 사진은 찍지 말자 생각해요. 하여튼, 어찌어찌 첫 생일모임 날 사진을 찍었어요. 생일모임 끝나고 다 같이 둘러앉아서 평가하는 자리가 있었는데 그때 한소리 들었죠. 조금 과하다고요.

Q. 그 얘기가 흔쾌히 들렸던 거예요?

A. '흔쾌히'라기보다는 좀 부끄러웠죠. 그때 두 가지 생각을 했어요. 폐 끼쳤나? 하는 생각이랑 내가 이 정도밖에 못 찍나? 하는 거였어요. 저는 과정이 참 중요하다고 생각하는 사람이라 태도만큼은 자신할 수 있다고 생각했는데 그게 아니었으니 부끄러웠죠. 물론 사진가의 기술적인 부분에서도 부끄러웠고요.

Q. 가장 기억에 남을 첫 번째 만남이 부끄러웠다니, 인상적입니다. 그런데 부끄러운 첫 번째가 어떻게 계속 이어져서 서른일곱 번이나 생일모임의 사진을 찍게 되셨는지 궁금하네요.

A. 어떻게 해서 계속 가게 된 건지는 기억이 잘 안 나요. 어떻게 그렇게 됐어요. 아마 두 번째부터의 요청은, 제가 조건에 잘 맞는 사진가였기 때문이 아니었을까 싶어요. 그때 이웃에서는 사진 작가들이 들쭉날쭉 오는 걸 곤란해했어요. 그분들한테 그 에티켓을 얘기해 주기도 힘들고, 모든 행사가 다 소중하니까 시행착오를 겪게 할 수도 없었을 거고요. 사진가가 움직이기 시작하면 분위기가 금방 흐려지거든요. 그게 골치 아픈 상황이었는데 제가 안산에 살고 있기도 했고, 분위기 잘 맞춰서 있는 듯 없는 듯 촬영하니까 그나마 나았을 거예요. 그렇게 제가 몇 번씩 하게 되니 자연스럽게 다른 사람을 안 부르게 된 거죠. 그리 많지는 않았지만 제가 한 번씩 못 나가는 날이 있기도 했어요. 그런 날이 있으면 제가 다른 분을 섭외해 드렸어요. 여기는 이런 곳이다, 이렇게 해야 한다고 설명도 해 주고요. 사진은 못 찍어도 되는데, 근데 잘 찍으

라고 말하면서요. (웃음)

생일모임의 사진을 찍어 줄 분이 마땅치 않았다. 음식과 행사 장소 꾸미기, 아이들 찾기 등은 나서는 분들이 꽤 있었지만 사진은 아니었다. 어느 정도의 장비도 있어야 하고, 사진 실력도 갖춰야 하는 일이기 때문인 것 같았다. 생일모임은 계속 잡히는데 사진 찍어 줄 이가 없어 다급히 여기저기 전화를 돌렸던 기억이 난다. 어렵사리 사진이 취미인 활동가가 오시기도 했고, 사진을 전공하는 대학생이 온 적도 있다. 그렇게라도 사진을 담당해 줄 분을 구한 게 다행이긴 했지만 아슬아슬하게 매번 위기를 넘기며 갈 수는 없는 노릇이었다. 게다가 오시는 분들마다 담아내는 생일모임의 장면이 다른 것도 고민이었다. 거의 동일하게 행사의 취지와 내용, 필요한 장면 들을 알려 드렸지만 결과물은 천차만별이었다. 각각의 사진가들이 찍은 사진에는 찍는 이의 시선과 마음이 그대로 담겨 있고는 했다. 유독 울고 있는 모습만 많이 담는 분도 있었고, 아이들의 물건을 여러 각도로 담는 데에 열중한 분도 있었다. 그저 카메라로 필요한 장면을 담는 게 사진 아닌가 생각했던 나의 무식함이 여지없이 깨진 계기이기도 했다. 더 나은 장면, 필요한 장면에 대해 의견을 나누고 싶었지만 어렵사리 시간을 내준 분들이라 다음을 기약할 수도 없었다. 이때 "다음 생일모임은 언제 하나요?"라고 물어봐 준 김동현 님의 제안은 가뭄의 단비였다. 그렇게 두 번, 세 번을 거치고 나서는 나는 매월 초 전화를 걸어 그달의 생일모임 일정을 쭉 알려 주고는 했다. 그러기를 몇 해나 말이다.

Q. 실수했다고 말씀하셨던 그 첫째 날의 실수 이후 생일모임 사진 찍을 때는 어떤 점을 주로 유의하셨나요?

A. 디지털로 사진을 찍으면 셔터를 마구 눌러서 난사하고 싶은 욕망이 생기거든요. 찍어 놓고 고르자 하고요. 그런데 여기는 그게 안 돼요. 그걸 하면 안 되는 곳이거든요. 철컥철컥 소리 내면서 찍으면 안 되니까요. 게다가 당시 제 카메라 소리가 좀 컸어요. 철커덕하고요. 처음에는 그 소리에 심장이 덜컹하는 느낌이었어요. 그러니 흐름을 보면서 찍게 되죠. 그때그때 변화한 모습 또는 인상적인 모습, 제가 원하는 모습을 기다렸다가 찍죠. 사진가로서 엄청나게 훈련이 되었어요.

Q. 디지털 카메라의 장점을 충분히 사용할 수 없는 조건이었군요. 필름 카메라 찍듯 아껴서 찍으셨겠어요. 더 관찰하고 포착하는 데 집중하셨을 텐데 그런 면에서 영향을 주었던 생일모임이 있을까요?

A. 생일모임에 참여할 친구가 거의 없던 아이가 있었어요. 친구들이 모두 함께 별이 되었거든요. 그러니 와 줄 친구가 없었죠. 그 생일모임에 수녀님들이 엄청 많이 오셨어요. 친구가 없어서 쓸쓸할까 봐 많이들 오신 거예요. 열 분도 넘게 오셨던 거 같아요. 그런데 수녀님들을 가만히 보니 몸이 움직이는 거예요. 이야기를 들을 때 몸이 앞으로 기울어져요. 그때 듣기의 힘을 느꼈어요. 한두 분이 아니라 열 사람 넘는 사람들이 그렇게 돼요. 되게 묘한 경험이었어요. 그때 사진가로서 깨달았다고 해야 할까요? 그 전까지는 제가 표정을 봤어요. 표정을 어떻게 포착하느냐에 집중하면

서 촬영을 했는데 그것만이 아니구나 싶었어요. 아, 에너지가 있구나… 라는 생각이요. 그게 어떤 식이냐면 수녀님들의 몸의 움직임, 표정의 변화에는 집중하는 방향이 있는 거예요. 또 집중하는 정도가 있고요. 그게 표정으로든 언어로든 다 드러나는 거예요. 사진가라면 그 점에 예민하게 반응해서 기록해야 했죠. 이전까지는 그저 표정 자체를 기록하는 데에 바빴다면 그 뒤부터는 다르게 보았어요. 에너지의 흐름이라는 게 있구나. 아, 이런 게 보이는구나. 집중하면 보이는구나, 하는 생각을 하게 됐어요. 감각이 열린다는 말이 맞을 거예요. 안 보이던 게 보인다는 그런 느낌이었어요.

Q. 그렇게 찍은 사진들로 이웃에서 생일모임 앨범을 만들잖아요. 그런데 사진가가 보는 특별한 순간이나 원하는 장면들이 이웃 생일모임 앨범의 필요나 목적에 맞지 않는 경우도 있었을 텐데, 하는 의문이 드네요. 사진에 있어 세심함을 강조하는 분인데 혹시 이 과정에 의견이 맞지 않을 때도 있지 않았을까 싶어요.

A. 치유공간 이웃이 그런 면에서 잘 맞았어요. 아주 세심한 것까지, 스스로 비판하면서 고치고 또 고쳤거든요. 생일모임이 완성되는 과정이 매우 놀라웠어요. 조금씩 변화되었거든요. 영상을 만들 때도 내부적으로 계속 의논하면서 변화하는 모습을 봤죠. 사진도 1차 편집은 제가 하지만, 이후 여러 사람 손을 거쳐서 앨범이 나왔어요. 또 생일모임 앨범의 성격은 분명하니까요. 저는 거기에 맞춰서 찍었어요. 생일앨범은 생일모임에 참석한 유가

족들의 기억을 꺼내는 포털 같은 거예요. 기억을 여는 문 같은 거요. 그날 다들 우리 아이를 기억하기 위해서 집중했다는 걸 아는 게 제일 중요했어요. 그래서 집중하는 모습을 많이 찍었죠. 크게 슬프게 우는 모습보다는 집중하고 있는 모습을요. 눈물을 보이는 것도 사실 집중에서 나오는 현상 중의 하나거든요. 감정적으로 격한 모습보다는 조용히 우는 모습이라든지, 이야기 자체에 몰입하는 모습, 아이들을 생각했을 때 떠오르는 감정들이 드러나는 순간을 찍었죠. 그런 모습을 주로 기록했어요. 그리고 되도록 유가족 사진은 아이들을 생각하면서 느끼는 밝은 모습들을 위주로 촬영했어요. 제가 괜찮게 찍었다는 건, 과정을 잘 이해하고 잘 보고 그런 장면들을 잘 포착했다는 정도였을 거예요.

준비부터 종료까지 대략 한 달이 걸리는 생일모임의 마지막 순서가 앨범 제작이다. 완성된 생일모임 앨범을 가족이나 친구들에게 전달하는 것으로 생일모임을 마치게 된다. 생일모임 앨범을 만든다고 하면 보통은 별이 된 아이의 생전 사진으로 꾸밀 것이라고 생각한다. 하지만 앨범에는 별이 된 아이의 사진은 많지 않다. 대부분은 생일모임 당일 모습을 담은 것들이다. 생일모임에 참여한 이들이 얘기하고, 웃고, 밥 먹는 모습, 그리고 생일모임 준비를 위해 자원활동가들이 풍선을 달고, 접시를 닦고, 케이크를 놓는 모습의 사진들 말이다.

주인공 사진을 담아야지, 왜 손님 사진을 담느냐고 물어보는 이들이 있다. 이유는 이 앨범의 특별한 목적에 있다. 이 앨범은 생일모임의 주인공보다는, 그 주인공을 기억하는 이들을 기억하는 데 그 목적이 있기 때문이다. 생일모임에서 별이 된 주인공을 그리워하고, 생각

하고, 떠올리는 순간을 담는 것이 이 앨범의 역할이다. 그런 점에서 준비를 위해 음식을 하고, 꽃을 놓는 사람의 모습도 기억의 순간이다. 이러한 장면들을 통해 내 아이가 (또는 내 동생이, 내 친구가) 그들 안에 기억되고 있다는 걸 확인할 수 있다. 혹여 사람들의 마음에서 사라질까, 심지어는 내 기억에서마저도 사라질까 두려워질 때면 아마도 이 앨범이 두려움을 내려놓을 수 있게 도울 것이다. 나 말고도 이렇게 많은 이들이 이 한 사람을 기억하고 있다는 사실에 조금은 마음을 놓을 수 있기 때문이다. 특히 유가족 부모에게는 그 의미가 크다. 내 기억이 흐려지면 내 아이도 흐려질까 두려움을 갖는 유가족 부모에게는 생일 앨범이 큰 위로가 된다. 나 말고도 내 아이의 기억을 한 조각씩 나누고 간직한 이들이 이렇게 많다는 사실에 안도감을 느끼기 때문이다. 그래서 김동현 님은 기억하는 이들의 모습을 담으려고 애써 왔던 것이다.

Q. 생일모임 사진 찍기가 정말 만만치 않으셨을 거 같아요. 다른 사진과 비교했을 때 생일모임 사진은 어떤 면에서 더 힘드셨나요?

A. 실패하면 안 되는 사진이라는 게 큰 스트레스였어요. 필생의 공력을 들이는 사진 같은 느낌이었어요. 실패하면 절대 안 되고 정말 잘 나와야 하는 사진이었거든요. 어떤 스트레스까지 있었냐면, 한 번도 그런 적은 없지만 메모리 카드가 잘못되면 어쩌나 하는 생각까지 했어요. 메모리 카드가 고장 날 확률은 거의 없거든요. 그만큼 장면을 놓치면 안 된다는 생각도 많고, 엄청 예민해지는 일이었어요. 물론 이 사진으로 세상을 바꿀 수 있는 건 아니죠. 그런데 유가족이 앨범을 펼쳤을 때 '그때 이랬지, 좋았었지'

라는 느낌을 주려면 제 실력으로는 있는 힘을 다 짜내야 해요. 또 제 실력 때문만이 아니라, 원래 그래야 하는 거 같아요. 정성이 들어가잖아요. 그러면 알아봐요, 사람들이.

Q. 부담이 엄청나셨네요. 그런데 왜 끝까지 하셨어요? 중단할 수도 있잖아요.

A. 잘해야 하는 일이니까요. 처절했다는 표현이 좀 그렇기도 하지만, 긴장감이 엄청 팽팽하기는 했어요. 하지만 제가 할 수 있는 일이고, 의미 있는 일이잖아요. 잘할 수 있는데 하고 싶기도 하니까요. 그럼 하면 되죠.

Q. 그런데 그 생일앨범은 대량으로 찍어내는 게 아니라 열 권 정도만 만들었잖아요. 소수의 사람이 보는 건데, 들어가는 정성과 노력을 생각하면 아쉬울 수도 있겠어요.

A. 아쉬운 걸로 말하자면, 그때 사진을 좀 더 잘 찍을걸 하는 생각이 커요. 더 밝게 찍을걸 싶기도 하고요. 생일모임 때 제가 찍은 사진의 감상자는 매우 소수예요. 앨범을 가지고 있는 사람만 보는 거죠. 말하자면 목적이 매우 뚜렷하고 감상자가 명확한 전시죠. 명확하고 잘 쓰일 수 있다는 확신이 있으니까 괜찮아요. 그 앨범 하나하나가 전시회거든요.

생일모임 앨범은 보통 5~8권 내외로 주문을 한다. 한 권은 별이 된 아이의 가족들이 가지고, 또 두어 권은 친구들이 갖는다. 그리고 또 한 권은 생일모임을 준비했던 담당 이웃치유자, 그리고 사진을 찍어

준 김동현 님이 또 한 권을 갖는다. 경우에 따라 친인척이 많거나, 유독 흩어져 있는 친구들이 있는 경우에는 몇 권을 더 만들기도 하지만 그래 봐야 열 권을 넘지 않는다. 그러니 생일모임 사진은 보는 이가 매우 적다. 실패하면 안 된다는 생각에 긴장되는 시간, 숨을 참으며 포착한 순간들이 얼마나 고되었을까를 생각하면 사진가에게 미안한 마음이 들 때가 있었다. 하지만 소장한 이들이 앨범을 펼쳐 보는 횟수로 치면 감상자의 수는 어마어마할 테다. 다시 돌아보지 않는 사진이 아닌, 매일 보고 매일 쓰다듬는 그런 사진이니 이보다 잘 쓰이는 사진이 또 있을까.

Q. 생일모임 사진에 유가족과 친구들만이 아니라 자원활동가들이 일하는 모습도 담긴다는 것에 놀라는 분들이 많을 거예요. 김동현 님이 그분들을 찍을 때 유가족이나 친구들과는 다른 느낌이었을 것 같은데 어떠셨을지 궁금하네요.

A. '참 정성스럽구나' 생각했어요. 정성을 쏟을 준비가 되어 있는 사람들인 것 같았어요. 수저 하나, 아이가 썼던 프라모델도 살포시 정성스럽게 놓을 줄 아는 사람들이었거든요. 왠지 그런 종족이 따로 있는 것만 같은 느낌이었어요. 종이 다른 것처럼요. 네안데르탈인이랑 호모 사피엔스보다 더 넓은 간격으로 떨어져 있는 그런 종으로 따로 존재하는 것 같았어요. 프라모델 인형 배치할 때 내가 하나도 안 중요한, 완전히 집중하게 되는 순간들이 있는 거죠. 그냥 하는 게 아니라 완전히 달랐어요. 그걸 그냥 놔도 되는데 정성을 들이는 거죠. 그게 진심인 거죠. 내가 어떻게 되든

청소를 하나 해도 그렇게 다르게 하는 거예요. 그분들이 평소에 집안일할 때 그렇게 우아할까 싶은 거죠. 손동작 하나하나가 다른데 평소에는 안 그랬을 것 같거든요. 일상생활을 그렇게 하면 너무 힘들죠. 버텨내지 못할 거예요. 그런데 그 공간에서는 사람들이 어마어마하게 힘을 쏟는 거예요.

Q. 그런 정성스러운 사람들과 함께했다는 것이 특별한 경험이었겠어요. 생일모임을 찍은 사진가라는 걸 여기저기 많이 자랑하셔도 되지 않을까요?

A. 어지간해서는 얘기 안 해요. 약간 아까워서 얘기 안 하죠. 되게 소중한 거는 별로 알리고 싶지 않아요. 그 경험은 아무한테나 보여 주고 싶지 않은 보석 같은 거예요. 소중하게 얘기 나눌 수 있는 분에게는 얘기하지만, 그저 그렇게 듣는 사람한테는 말하고 싶지 않아요.

Q. 이웃과의 인연을 맺었을 때에는 아름다운가게 매니저로 만났는데 지금은 전업 사진작가로 활동하시네요. 이웃에서의 생일모임 경험이 사진작가로서의 삶에 어떤 영향을 미쳤다고 보시는지요?

A. 예전에는 난 찍는 게 좋구나, 또는 나는 이렇게밖에 못 찍어, 정도였어요. 지금은 자신감이 생겼죠. 저에게는 결과보다 사진 찍는 행위 자체가 더 의미 있거든요. 결과물도 결과물이지만 과정이 중요하죠. 결과물을 주고받는 걸 포함해서요. 사진 찍는 상황이 서로 행복한 게 중요하죠. 그런 것을 충분히 경험했다는

점에서 자신감이 생겼어요.

Q. 단체로서의 이웃, 그리고 이웃에서 인연을 맺은 사람들에게 하고 싶은 이야기가 있다면 해 주시죠.

A. 이웃에 제 자리가 있다는 것을 표시했었거든요. 여기는 제가 편안하게 올 수 있는 곳이라는 표시로 제 칫솔을 걸어 놨어요. 언제든 와도 되는 곳이라는 뜻을 담아서요. 내 칫솔이 놓여 있는 곳이었는데 이제 안녕이에요. 근데 그게 또 자연스러워요. 물이 빠지듯 그렇게요. 이웃이라는 공간에게 '안녕'이라고 말하고 싶어요. 그동안 '잘했고, 애썼어'라고요.

이웃에 오는 자원활동가들이 한 가지 일만 하는 경우는 없다. 보통 두세 가지를 하고 때로는 서너 가지 일들도 거뜬히 해낸다. 주방 일을 하면서 생일모임을 챙기고, 안마하러 왔다가 나물을 무쳐 놓고 가는 게 흔한 풍경이었다. 그런 이웃에서 김동현 님은 딱 한 가지의 활동만 했다. 생일모임 사진 찍기, 딱 그것만. 4년 동안 이웃을 들락거리며 그러기는 쉽지 않은데 설거지 한 번을 안 하고, 파 한 번을 안 다듬었다. 그러고 보니 정말이지 손에 물 한 방울 안 묻히셨네.

하지만 김동현 님과 함께 생일모임을 했던 분들이라면 고개를 갸우뚱할지도 모르겠다. 김동현 님과 설거지를 같이 했던 것 같고, 케이크도 같이 나른 것 같고, 과일도 함께 잘랐던 것만 같은데, 라고 말할지도 모르겠다. 아마도 그건 생일모임을 하는 수십 번 동안 김동현 님이 카메라 렌즈를 통해 케이크 나르는 이와 함께했고 과일 깎는 칼과 함께 움직였기 때문일 테다. 물건을 옮기는 자원활동가의 손을 카메라 렌즈로 따라가며 천천히 테이블을 세팅하고, 꽃 장식을 하고, 손님용 의자를 하나하나 놓았을 거다. 아마 개다리소반도 옮기고, 나물도 무치고, 상 위에 수저도 놓았겠지. 손에 주부습진이 나고도 남을 만큼이나 그렇게. 렌즈를 따라 구석구석을 살피다가 울고 있는 이들, 웃고 있는 이들 곁에도 잠시 앉아 있겠지. 마루 끝에 앉아 울고 있는 친구 옆에도 앉고, 봄 소풍 그림을 등지고 앉은 이모 옆에도 앉았겠지. 또 그 옆에서 우는 친구의 어깨를 카메라 렌즈로 살짝 도닥여 주고는 다시 이곳저곳을 살펴보겠지. 그러다 저쪽 끝에 앉아 활짝 웃고 있는 엄마의 얼굴 앞에 멈춰서 잠시 그 순간에 머무르겠지. 숨도 멈추고 잠시 그렇게.

김동현 님이 수천 장을 찍을 동안 본인은 몇 장이나 사진에 담겼을까. 그 모습을 나라도 좀 찍어 줄걸 그랬다. 오늘에라도 한 장 찍어 줘야겠다. 늘 보던 긴장하고 초조한 모습이 아닌, 편안하고 여유로운 표정을. 좀 실패해도 되고 못 찍어도 되는 사진으로. 자, 하나 둘 셋! 찰칵!

달걀이 뭘 할 수 있을까?

이름 | 박철

나이 | 1978년생

특징 | 클래식 음악과 차 마시기를 좋아합니다.

사는 곳 | 진주

이름 | 정설진

나이 | 1978년생

특징 | 피아노와 바이올린 연주를 즐깁니다. 좀 고급지죠?

사는 곳 | 진주

'미소앤에그'를 운영하는 박철, 정설진 부부는 진주에서 닭을 키우며 살고 있습니다. 세월호 참사 피해자를 도울 방법을 찾다가 이웃에 달걀을 보내게 되었습니다. 이웃이 문을 열고 닫을 때까지 7년 동안이나요. 하지만 한 번도 이웃에 가 본 적도, 관계자를 만나 본 적도 없답니다. 달걀로만 이어진 인연이지만 마음만은 끈끈했답니다.

"물이 흐르지 않으면 썩는 거잖아요. 나누는 게 흐르는 거라고 생각해요."

2014년부터 문을 닫는 달까지 매월 1회 달걀을 후원해 준 미소앤에그의 박철, 정설진 부부를 만났다. 7년간 이웃과 함께해 왔지만 나는 이 두 분을 한 번도 본 적이 없다. 매달 이웃으로 배달되어 오는 달걀 상자를 열고, 그 상자 안에 들어 있는 글을 읽어 보는 것으로 만남을 대신해 왔다. 아, 가끔 전화 통화를 하며 인부를 묻기는 했다. 하지만 그때마다 "아휴, 제가 뭘…."이라는 말이 대부분이어서 그 외의 이야기는 들어 보지 못했다. 이번 인터뷰가 7년간 이웃과의 인연 중 제대로 된 첫 번째 대화인 셈이다. 그런 두 분을 소개하게 되어 마음이 좋다.

하지만 두 분의 대화를 '말'이 아닌 '글'로 소개한다는 것이 조금 아쉽기는 하다. 글로는 표정이며 눈빛을 전달하기 어려우니 말이다. 인터뷰 내내 유독 많이 웃고 많이 울었던 두 분은, 글로는 다 옮길 수 없는 것들을 말했다. 얘기를 따라가다 보면 나도 모르게 웃음이 푹 하고 터지거나, 흐흐흐 하며 웃었고 또 그러다가 눈가에 눈물이 맺히기도 했다. 두 부부가 심드렁하게 주고받는 대화를 듣고 있자면 만담을 보는 것 같아 막 웃기다가도 슬픔, 애잔함 같은 감정들이 밀려왔다. 대화 내내 흐르던 수많은 감정이 글로는 다 보이지 않을 것 같아 아쉽다. 하지만 이 글을 읽는 분들이라면 행간 사이사이를 넘나들며 그 마음까지 읽을 수 있지 않을까, 힘주어 바라 본다.

Q. 두 선생님 자기소개부터 부탁드립니다.

A. 박 : 닭을 돌보고 있는 박철이라고 합니다. 1978년생이고요.
정 : 저도 같은 나이고요. 함께 닭을 돌보는 정설진입니다.

Q. 닭 돌보는 거 외에는 어떤 걸 좋아하시나요?
취미라든가.

A. 박 : 클래식 좋아하고요. 차 마시는 거 좋아하고요.

정 : 저는 뭐 피아노 치고 바이올린도 하고요. (웃음) 저희가 좀 고급져요. 이 사람 만나서 처음 집에 갔는데 CD랑, 음악 기기들이 엄청 많은 거예요. 우와, 점수가 확 올라갔죠. 제가 음악을 좋아했고 또 지금은 안 하지만 전공도 했고 그래서요. 그래서 제가 뭐 듣고 싶다고 말하면 아주 좋은 기계로 좋은 음반을 찾아서 저한테 들려주죠. 그런 부분들이 좋아서 결혼했죠.

Q. 닭은 어떻게 키우게 되셨어요?

A. 박 : 일단 그게 전공이었어요. 닭으로 대학원까지 마치고 축산기술연구소에서 일했거든요. 거기서도 주로 필드에서 닭 돌보는 일을 많이 담당했어요. 저는 왠지 뭔가를 키우는 게 편해요. 판매 같은 건 잘 못하지만 키우는 걸 잘하니까, 일단은.

정 : 잘 키운다고? 글쎄다…. (웃음) 여전히 문제도 발생하고.

박 : 여전히 문제가 많지만 해결해 가는 중이니까. (웃음)

인터뷰 며칠 전 미소앤에그 농장의 닭들이 개에 물려 죽는 사고가 있었다. 방사해서 키우는 농장의 특성상 시간에 맞추어 꼬꼬집 쪽문을 여닫아야 하는데 실수로 조금 늦게 닫았다가 이런 일이 발생했다고 한다. 생명을 귀하게 여기는 두 분은 이 일로 많이 울적했고 인터뷰 시간 동안 얘기를 나누다 울고는 했다. 하지만 그러다가 위의 대화처럼 농담을 하고 또 그러다가 웃었다. 영화 대본처럼 대사 끝에 지문을 넣고

싶다는 생각이 들 만큼 두 사람의 감정은 인터뷰 내내 바다 물결처럼 출렁거렸다.

Q. 더 깊이 들어가면 안 되겠네요. (웃음) 조금 특별한 방식으로 닭을 키우시는데 어떻게 닭을 돌보는지 설명을 좀 부탁드립니다.

A. 정 : 저희는 케이지에서 키우는 형태는 아니고 자연과 친한 닭으로 키우죠. 물론 케이지에서 자라면 변수가 적어서 안전해요. 날씨나 온도 변화가 적거든요. 저희처럼 외부에 풀어놓고 키우지 않으니까 다른 동물 습격도 없고요. 저희처럼 키우면 위험에 노출되고 그래요. 풀어놓았다가 어디 갈 때는 닭을 다시 집어넣어야 하는데 말 안 듣는 녀석들도 있고. (웃음) 그리고 케이지에 키우는 닭들은 1년 만에 바꿔요. 저희는 3년 정도 키우려고 하는데, 3년짜리 닭은 너무 알을 적게 낳아요. 알을 잘 안 낳으니까 생산성이 안 맞잖아요.

박 : 제가 잘 못 키워서 그래요. 원래 3년짜리는 알 잘 낳아요.

Q. 사료도 일반 사료가 아니라고 들었는데, 사료 구하는 데는 어려움이 없으세요?

A. 박 : 코로나가 와서 그게 좀 어려워요. 저희는 주로 쌀, 싸라기, 청치, 맥주박, 비지 같은 부산물을 많이 쓰거든요. 그런데 사람들이 식당에 안 가고 집에서 밥을 해 먹잖아요. 그래서 부산물들이 너무 귀해졌어요. 식당에서 쌀을 많이 쓰잖아요. 그렇게 쓰이는 쌀을 많이 찧어야 미강도 많이 나오고 싸라기나 청치도 많이

나오잖아요. 근데 이걸 안 해 버리니까 부산물도 잘 안 나오는 셈이죠. 술집도 문을 닫으니 맥주박도 조금 나오고, 비지도 조금 나오고요.

정 : 저희는 사료를 따로 안 사고 직접 만들거든요. 그런 것 구하기가 이제 어렵죠. 포장재도 제법 비싸졌고요. 저희가 지방에 있으니까 뭘 사려면 엄청 멀리까지 가야 해요. 재료 사러, 비지 사러 천안 가고 그러죠. 여기가 너무 아래에 있으니까 그건 좀 안 좋은 거 같아요. 근데 너무 닭 얘기만 한다. (웃음)

Q. 우리가 닭이 낳는 달걀로 이어진 인연이니까 뭐 당연하죠. (웃음) 그럼, 주제를 확 바꿔서 2014년 4월 16일 세월호 사고 소식 들었던 그날에 대해 여쭤볼게요. 그 소식을 어떻게 들으셨는지요?

A. 박 : 저는 그때 닭 사료 사러 금곡에 있는 미곡처리장에 갔어요. 미강을 사서 결제를 하다가 거기 텔레비전 화면에서 봤죠. 그때는 그냥 대수롭지 않게 생각했어요. 그런데 팟캐스트를 쭉 들어 왔기 때문에 언론에서 얘기하는 것과 실제 상황이 좀 다르게 돌아간다는 걸 알게 됐어요. 그다음부터는 관심을 갖게 됐죠.

정 : 저는 친정에서 아침에 뉴스를 보다가 알았어요. 되게 놀랐죠. 어떡해, 어떡해 하면서 계속 그 뉴스를 봤어요. 오보도 있었잖아요. 하여튼 종일 친정 엄마랑 많이 걱정하고 그랬어요. 안타까워하고. 며칠 동안 일상생활이 힘들 정도로 슬펐던 기억이 나요.

Q. 그럼, 이웃은 어떻게 알게 되셨어요? 이웃이 문을 연 초기부터 달걀을 보내 주셨는데 어떻게 연결이 된 건지….

A. 박 : 정혜신 선생님이 팟캐스트에 출연해 인터뷰하신 걸 들었어요. 그다음 날 '아, 이곳에 보내야겠다'고 생각했죠. 그달부터 보냈을 거예요.

정 : 이웃이 그러니까, 전문가가 아니라 일반인들이 한다고 해서…. 작은 거, 그런 것들이 모인다고 해서요. 저희도 뭘 도울 수 있을까 생각하던 차에 연결된 거죠.

Q. 두 분이 합의하시는 데는 어려움은 없으셨어요?

A. 정 : 그런 부분에서 저희는 별로 이견이 없어요. 뭔가 하자고 하면 그래, 그러자 해요. 결혼할 때 같이 얘기했어요. 물이 흐르지 않으면 썩는 거잖아요. 나누는 게 흐르는 거라 생각하거든요. 그래서 돈 버는 거랑 상관없이 나누는 거는 평생 해야 하는 일이고, 우리가 고여서 썩지 않으려면 그냥 필수적으로 해야 하는 거라고요. 그런 공감대가 결혼하기 전부터 있었어요. 세월이 지나면서 희석되지 않기를 바랄 뿐이죠. 시간이 지날수록 사람이 자꾸 굳어지니까 그게 제일 두려운 거죠.

박 : 저희가 처음 미소앤에그 시작할 때, 그냥 한 달에 하루치 정도는 다른 사람을 위해 쓰자고 이야기했거든요. 지금도 도움이 필요한 곳에 보내고 싶은데 정보가 어두워요. 꼭 필요한 곳에 가야 하잖아요.

Q. 그럼, 그렇게 시작해서 7년 내내 그렇게 보내신 거네요.

A. 정 : 그런가…. 저흰 잘 몰라요. (웃음)

받는 사람과 주는 사람 중 누가 더 잘 기억할까? 아마 주는 사람의 기억이 더 선명할 것이다. 사람은 보통 얻어진 것보다 없어진 것에 더 민감한 편이니 말이다. 그러니 받는 것에는 쉽게 익숙해져도 주는 것에는 익숙해지지 않는 법이다. 주는 일에 비해 받는 일은 손실이 없고 에너지가 들지 않는다. 하지만 주는 일은 그 반대 아닌가. 나의 수고와 시간이 들어갈 뿐만 아니라 내 몫이 줄어들기도 한다. 그런데 저 부부는 얼마나 오래도록 주는 일을 해 왔는지 잘 모른다니. 아, 얼마 되지도 않는 후원처와 금액을 깨알처럼 기억하는 내가 부끄러워진다.

Q. **한 달에 한 번씩 최근 이웃이 문 닫을 때까지 보내셨던 거잖아요. 그냥 그게 루틴이네요.**

A. 정 : 굳게 결심하고 이런 건 아니고, 사실 지금 있는 걸 나누는 게 큰 게 아니잖아요. 저희가 있는 걸 나누는 거니까. 저희가 뭐 그걸 따로 돈을 들여서 드리는 게 아니라 있는 걸, 저희 가지고 있는 걸 나누는 거니까요.

막 결심하고 그런 거 아니라고. 그래서 별로 어렵지 않았다고 자꾸 강조하니 그런가 싶다가도 퍼뜩 '아니다'라는 말이 나온다. 아니, 그건 분명 어려운 일이다. 어딘가에 팔면 돈이 된다는 걸 모르지 않기 때문이다. 곳간에 쌀이 넘쳐 썩어나도 나누지 않는 이들이 있다. 퍼 주어도 남을 만큼 많아도 더 가지려 하는 이들이 있다. 돈 있는 데서 돈이 나오는 게 아니라, 마음 있는 데서 돈이 나온다는 건 오랜 이웃 생활에서

수없이 확인한 사실이다. 돈이 없어도 마음이 있는 사람, 돈이 있다면 마음까지 있는 사람들이 자기 것을 나눈다. 나눔에 있어 마음은, 돈보다 더 필수적인 조건이다.

Q. 그런데 7년간 달걀을 보내는 동안 한 번도 안산에 가거나 그곳 사람을 만나 본 적이 없잖아요. 만나져야 또 인연이 길어지고 하는데 어떻게 그게 가능하셨을까요?

A. 정 : 이웃에서 자주 소식들이 오고 그랬어요. 자꾸 뭘 보내 줘요. 누룽지도 보내 주고, 뜨개질도 해서 보내 주고요. 메시지도 오고요. 뭐 보내 줄 때는 꼭 글을 적어서 보내 주시거든요. 글도 아름답게 너무 잘 쓰셔서. 그런데 그걸 읽기가 너무 막 좀…. 너무 슬퍼서 그런지 좀 외면하고 싶어져요. 그냥 생각만 해도 마음이 아프니까요. 그 슬픔을 맞이하기가 너무 겁나는 거예요.

박 : 청 담근 것도 왔잖아. 컵도 왔어.

정 : 맞아. 그런 거 보내 주셔서 감사하죠. 실제로 맛있게 먹기도 했고, 쓰기도 했고요. 이런 걸 하고 계시는구나, 알게 되고. 가깝게 느껴지는 거죠.

Q. 그러다 한 번쯤 안산의 이웃에 가 보고 싶다는 생각을 해 보셨을 것도 같은데…. 아닌가요?

A. 박 : 아이, 가기 겁나요. (웃음)

정 : 우선은 생명이 있으니까 멀리 잘 안 다녀요. 애들도 어렸고요. 돌아다니는 것도 별로 안 좋아해요. (웃음) 또 사교적인 성격이 아니라서 어색하고요. 어색한 거 되게 싫어하니까. (웃음)

무슨 말을 해야 할지 잘 모르겠어요. 저희는 그냥 보이지 않는 곳에서… 우리가 누군지 몰랐으면 좋겠어요. 이 인터뷰도 사실 이 사람이 잡아 놓고는 혼자 안 간다고 그래 가지고. (웃음)

박철 : 몰라. 아, 그때는 꼬꼬집에서 힘들게 삽질을 하고 있었을 때라서. 진짜 더운데 전화를 받아서 정신이 없었어요, 그러니까 인터뷰하자고 막 밀어붙여 가지고. (웃음)

Q. 그럼, 이웃으로 달걀 보내는 걸 매달 인식하지는 않으셨어도 '어떻게 쓰이면 좋겠다'라는 바람은 있으셨을 것 같아요. 어떤 생각을 하면서 보내셨어요?

A. 정 : 보내면서도 한편으로는 달걀이 뭘 할 수 있을까? 싶었어요. 그래도 맛있게 나눠 드셨으면 좋겠다고 생각했죠.

박 : 사실 저희야 뭐 편하죠. 저희는 그냥 포장해서 보내면 되는데 그걸 요리하는 것도 일이거든요.

Q. 다행히 훌륭한 요리사님이 계셨어요.

A. 박 : 사실 그게 진짜 일이죠. 요리하는 게 일이잖아요. 재능 없는 사람한테 달걀이 가면 그건 선물이 아니기도 하고. 그때 팟캐스트에서 듣기로는 이웃에서 같이 나와서 먹고 나누고 그런 게 치유라고 하니까 잘 안 쓰일까 봐 걱정하지는 않았어요.

정 : 맞아. 나한테 막 채소 너무 많이 주면 썩잖아. 그러면 안 되니까. (웃음)

Q. 이웃에서는 와서 음식도 하고 청소도 하는 그런 분들을

이웃치유자라고 불렀어요. 직접 와서 그렇게 하신 분들도 계시지만 저는 멀리서 이렇게 꾸준히 달걀을 보내 주셨던 선생님들 또한 이웃치유자라고 생각해요. 만난 적은 없지만 같은 마음을 가지고 함께해 왔던 그분들이 박철, 정설진 님과 동지 아닐까요? 그분들께 전하고 싶은 말씀을 해 주시면 어떨까요.

A. 정 : 자기의 시간, 그게 제일 중요한 것 같아요. 직접 가신 분들이야말로 정말 더 대단하시죠. 시간을 투자하신 분들이잖아요.

박 : 저희는 편하죠. 우리는 얼마나 편하냐고, 그치?

박철님과 정설진 님은, 있는 걸 나누었을 뿐이라는 이야기를 여러 번 했다. 돈 주고 산 게 아니라 가지고 있는 걸 나누었을 뿐이라고 말이다. 그래서 그게 뭐 별거냐고, 아무것도 아니라면서. 그런데 시간을 내어 준 분들도 같은 이야기를 한다. 내가 가진 게 시간이라서 그것밖에 줄 게 없었다고 말이다. 직접 가 보지 못하고 달걀만 보냈다고 미안해하는 박철 정설진 부부가 있다면, 뭐 사 주는 것도 없이 일손만 보태서 미안하다며 달걀 요리를 하는 사람이 있는 셈이다. 시간을 가진 이들은 시간을 나누고, 달걀을 가진 이는 달걀을 나누었으니 공평하다고 해야 할까 보다. 당신도, 또 당신도 모두 자기 것을 내줘서 고마운 건 같은 거라고, 그래서 공평한 거라고 말이다. 내가 가진 것을 조금 나누었을 뿐이라 '이게 뭐 별건가'라는 마음들이 모이고 모여 온전한 '이웃'이 되었던 것 같다.

Q. 그래도 동지로서 더 하고 싶은 말씀이 있으실 텐데요.

후회되지 않게 길게 말씀해 주세요.

A. 정 : 음, 이런 것도 있겠죠. 상처를 입은 분들은 세월호 참사 피해자 분들이지만, 이웃 가서 봉사하신 분들도 자기 안에 있는 상처들을 그곳에서 치유하셨을 것 같아요. 저는 그게 제일 중요한 것 같거든요. 물론 내가 봉사를 하러 가지만, 내 봉사를 통해 나 자신도 치유하는 거죠. 그래서 계속 가셨을 것 같아요.

Q. 달걀을 보내는 것도 봉사잖아요.
그럼, 두 분께도 그런 과정이었나요?

A. 박 : 그럼요. 나를 위한 거였어요. 내가 필요해서 하는, 나를 위한 겁니다.

정 : 맞아. 보내는 일 자체가 기뻤어요. 내가 썩지 않기 위한 움직임이고, 자꾸 흐르기 위해서 하는 거고요. 저희도 거기서 기쁨과 감사, 보람도 있었어요. 직접 가지는 못했지만, 저희에게도 도움이 됐어요. 나눔이 그 사람한테도 가는 것이지만 저희도 치유하고 나를 살리는 거니까요.

Q. 달걀을 나눔 하면서 실제로 겪는 마음의 변화도 있으신가요?

A. 박 : 아들이랑 딸이 있는데 제가 좀 못되게 굴거든요. 제가요, 정을 못 주고요. 그래도 이런 일 생각하면 애들한테 짜증 낼 거 열 번에서 한 번은 줄었다는 생각으로, 그냥. (웃음)

정 : 그랬던 거였어? (웃음) 놀릴 거리 하나 생겼네.

Q. 마지막으로 하고 싶으신 말씀 있으실까요?

A. 정 : 그 시간이 감사하죠. 저희한테도 치유가 된 시간이었으니까요. 필요한 다른 좋은 일이 있으면 알려 주세요. 저희가 또 해야죠. 그런데 너무 아쉬워요. 이웃이 없어졌다는 게 너무 아쉬워요.

박 : 한 달에 한 번 보내는데 한 번 못 보낸 적이 있어요. 그때가 아마 겨울이었던 것 같아요. 12월로 기억하는데, 그때 닭이 알을 안 낳아서 달걀이 하루 못 갔거든요. 그렇게 못 갔는데 그다음에 연락이 왔어요. 이제 문을 닫는다고. 그때 좀 '아이고, 내가 잘 키웠어야 하는데' 싶어서. 사실 겨울에는 닭이 알을 많이 안 낳을 때가 있어요. 더 잘 키웠어야 하는데.

Q. 7년을 보내고도 그 한 번이 아쉬우신가 봐요.

A. 박 : 기부라는 게 일정해야 하는데, 제가 닭을 좀 더 잘 키웠으면 제때 갔을 텐데….

7년이나 달걀을 보냈는데 딱 그 한 번이 그렇게 마음에 걸리는 건가. 다달이 달걀을 보냈던 날들은 다 사라지고, 닭이 알을 잘 낳지 않아 보내지 못했던 그날만 떠올리는 걸까 봐 마음이 쓰인다. 이웃에 달걀을 몇 년이나 보냈는지는 하나도 기억 못 하면서 왜 못 보낸 그 하루만 그리 또렷하게 기억하는지. 달걀을 보내지 못했던 그달에 하필 이웃이 문 닫는다는 소식을 들어서 괜한 자책을 하는 걸까 싶어 더 걱정이다.

아닌데, 달걀 때문이 아닌데. 오히려 달걀 덕분에 이만큼 올 수 있었는데. 달걀 오는 날이면 사람들 손에 한 줄씩 들려 보낼 수 있어서 얼마나 풍요로웠는데. 달걀말이며 달걀찜을 앞에 두고 얼마나 오래도록 얘기 나눌 수 있었는데. 이웃에 도착한 큼지막한 달걀 박스를 열 때마다 얼마나 많은 감탄사가 오고 갔는데. 그래, 모르니 그러겠지. 미처 말을 못 해 줬으니 그러겠지. 모르니까 그럴 수 있지. 이제는 꼭 아셔야 할 텐데. 나누어 준 한 달 하루치의 달걀들이 여기저기에서 따뜻하게 쓰여졌다는 걸. 그리고 몇몇의 가슴에 따끈하게 품어졌다는 걸. 또 그래서 노란 병아리 같은 생명으로 부화했다는 것도 꼭 아셔야 할 텐데.

에필로그

이웃, 지금

1.

그날 이웃 마루는 종일 갓과 쪽파 냄새로 가득했다. 자원활동가 스물댓 명이 앉아 산더미처럼 쌓인 쪽파와 갓을 다듬느라 여념이 없다. 채소를 다듬고 썰 때의 냄새와 연신 수다 떠는 소리로 공기가 촘촘히 메워지고, 바쁘게 움직이는 손만큼 오고 가는 얘깃거리도 쉴 새 없이 흐른다. 누군가 남편 흉을 보니 와, 하고 웃음이 터지고 장 본 이야기며 드라마 얘기로 왁자지껄하다. 그러다 어느 순간 갑자기 모든 소리가 증발되듯 사라진다. 말하는 이 하나 없이 모두 다듬고 써는 일에 몰입해 있다. 귀한 예술품을 빚는 듯 열중하면서 말이다. 하지만 그들이 손에 쥐고 몰두하는 것은 그저 갓이나 쪽파 한두 뿌리다. 그렇게 한참이나 이웃 마루에는 채소 다듬는 소리만 들린다. 서걱서걱. 서걱서걱.

'이웃'에서 김치를 만들던 어느 여름날의 모습이다. 그날 나는 이 장면을 고스란히 퍼 올려 간직하고 싶다는 생각을 했다. 새벽 수산시장처럼 시끌벅적하다가도 어느새 고요한 산사처럼 맑은 적막이 오던 바로 그 순간을 말이다. 시 하나가 떠올랐다. 그 시는 '가만히 눈을 감기만 해도 기도하는 것이다'로 시작하는 이문재 시인의 「오래된 기도」였다. 예전에 나온 시인데도 이 장면을 두고 썼나 하는 생각이 스쳤다. 고무장갑을 낀 손에 쥐고 있는 쪽파와 무 조각들이 오랜 수련을 거친 어느 종교인의 염주나 묵주처럼 깊고 영험해 보였다. 어쩌면 그이들은 양념을 만들고 김치를 버무리며 자기도 모를 기도를 오래도록 한 셈이다.

'이웃'이 없는 지금, 그들은 또 다른 기도를 하며 살고 있다. 어떤 이는 진상규명을 위해 때마다 피켓을 든다. 진상규명이야말로 치유의 첫걸음이니 그이는 '이웃'의 시작을 다시 해내고 있는 셈이다. 또 다른 이는 이제 막 세상에 온 아기들을 씻기고 먹이며 돌보고 있다. 별처럼 예쁜 아이들의 첫 마중에 정성을 다해야 아이들 앞날이 무탈하다며 지극한 마음을 다한다. 그리고 나는 상담사로 살아가며 마음 아픈 이들을 만난다. 모든 고통이 다르되 그 고통에 경중이 없음을, 그저 곁에 머무는 것이 가장 필요할 때가 있음을 또다시 확인한다. '이웃'에서처럼 나는 고통과 슬픔을 통해 삶을 배우고 있다. 함께했던 모든 이들이 이렇게 각자의 일상 속으로 뚜벅뚜벅 걸어가고 있다. 밥을 짓고, 빨래를 하고, 종종걸음으로 출근을 하거나 장을 본다. 집에 돌아온 가족들을 반기고, 누군가를 만나 눈빛을 반짝이고, 서로 마주 보고 또 기대며, 역시 자기도 모를 기도를 쏟아내고 있다. 밥에도 스미고 볕에 말린 행주에도 스미고 누군가의 가슴에도 스미는 기도 말이다. 일상을 일구던 이웃에서처럼 매양 그렇게 말이다.

2.

'이웃'에 있었던 근 7년의 기간은 삶과 죽음이 하나였다. 삶 속에 죽음이 있었고, 죽음 속에서 삶을 보았다. 죽어서는 안 될 아이들의 죽음에 분노했고, 짧은 아이들의 삶이 안타까워 가슴 아팠다. 한 명 한 명 아이들의 삶에 주목하면서 짧지만 동시에 그 삶으로 완전했던 순간을 보기도 했다. 아이들의 삶에 몰입한 시간들, 슬퍼하는 이들의 마음과 공명했던 시간들은, 내게도 진실한 마음이 있음을 알게 해 준 귀한 시간들이었다. 그리고 삶과 죽음이 하나였던 시간은, 도리어 삶을 부정하지 않고 살게 해 주었다. 하지만 '이웃'에서의 시간은 내게 아직은 아물지 않은 상처 자국을 남기기도 했다.

사랑하는 이를 잃은 이들과 함께했던 시간이 길어서인지, 이게 마지막일 것이라 생각하는 순간이 많다. 현관 미닫이문의 유리창틀 너머로 인사하며 가는 남편의 뒷모습, 그 유리 사이로 보이는 딸의 얼굴, 그리고 만나고 헤어지는 모든 친구들의 모습은 내게 늘 마지막처럼 새겨지고는 했다. 때로는, 아니 솔직히 거의 매번 소중한 이들의 마지막 모습은 검안실과 장례식장으로 이어지고 물끄러미 영정 사진을 보고 있는 나 자신을 떠올리는 것으로 연결된다. SNS를 통해 교사로 일하는 친구들의 이런저런 소식을 읽다가 학생으로 보이는 아이들 사진을 보면, 나는 당연히 그 애들이 하늘나라 사람일 거라 생각한다. 그러다 이 아이들이 세월호 참사와는 무관한 보통의 학생들이라는 걸 알고는 깜짝 놀랄 때가 있다. 학생들이라면 모두 별이 된 아이들일 거라 생각하곤 하는 나의 착각에 당황스러울 때가 많다. 하지만 오래도록 익숙히 해왔던 생각들이라 이상하게 여겨 본 적이 없다. 누구나 그렇게 생각할 거라 여기기도 했다. 그러다 이웃을 마무리하고 일상을 살던 어느 날 불안한 듯 현관 미닫이문을 수시로 확인하는 딸을 보게 되었다. 문을 살펴보지 않으면 식구들이 잘못될 것 같아 두렵다고 했다. 아이는 늘 재난 상황이 올까 봐 걱정했다. 무섭고 두려운 것을 그렸다며 보여 준 그림에는 파란 바다와 커다란 고래가 큼직하게 놓여 있었다. 아이가 네 살 무렵 시작했던 '이웃' 일은 아이 나이 열한 살이 될 때까지 이어졌고 그동안 아이가 나를 통해 무엇을 느꼈는지, 무엇을 전해 받았는지 나는 생각해 본 일이 없다.

어부가 바다 냄새를 부끄러워하지 않듯, 농부가 흙에 물든 손을 부끄러워하지 않듯 나 또한 그러하다. 하지만 이제는 바다가 아닌 곳, 밭이 아닌 곳에서도 무언가를 낚고 수확하는 삶을 살아야 한다. 몸에 밴 바다 냄새를 날리듯, 손에 물든 흙빛을 씻어내듯 얼마 동안은 마음속에 밴 것들을 하나하나 꺼내 보고 살펴야 할 것 같다. 죽음 속에서도 삶을 보는 눈을 놓지 않되, 흐릿해진 죽음과 삶의 경계를 단단히 세워야겠다. '이웃'에서 유족들의 아픔에 함께했던 자원활동가들도 희미해진 경계 앞에 서 있을지 모른다. 누구보다 깊숙이 몰입했으니 당연한 일이다. 이제는 함께 겪은 일들을 꺼내고 돌아보며 우리의 마음을 살펴야겠다. 이웃에서 했던 대로 묻고 듣고 끄덕이면서 말이다.

3.

행사나 모임 등 이런저런 이유로 청년들을 만날 기회가 종종 있다. 이제 갓 직장을 얻은 사회 초년생부터 완숙한 느낌의 삼십 대까지 나는 꽤 많은 청년들을 만난다. 내 나이로 치자면, 청년들의 이모를 넘어 엄마라 해도 어색하지 않을 판이다. 그럼에도 청년들과 소통하는 자리가 많다 보니 가끔은 같은 연배가 된 것만 같은 착각이 들 때가 있다. 하지만 대화 중 온갖 줄임말이 등장하거나, 모르는 인터넷 용어가 오고 갈 때면 확연한 세대 차이를 느끼지 않을 수 없다. 게다가 내가 만난 청년들은, 무서울 만큼 정보 검색의 달인들이었고 자기 계발에 철저했다. 다들 너무 바빠 보였고 늘 시간에 쫓기듯 움직였다. 줄임말 몇 가지와 생소한 인터넷 용어의 차이를 넘어, 내가 겪던 청년 시기와는 완연히 다른 시대를 살아가는 것처럼 느껴졌다.

그런데 이들에게서, 다른 세대와의 공통점을 발견할 때가 있다. 그 키워드는 바로 세월호 참사다. 청년들은 세월호 참사 후 경험한 것들에 대해 자주 말하고는 했다. 어떻게든 구해서 달고 다녔던 노란 리본, 자청해서 했던 서명들, 난생처음 들어 본 촛불, 처음 참여한 집회, 참사 후 찾아보게 되었다는 정치 기사들, 불안한 사회에 대한 분노 등 여러 이야기들을 쏟아냈다. 때로는 이들의 인생이 변화하거나 직업을 결정한 순간에 세월호 참사가 있었다. 청년들은 "세상을 바꾸고 싶어서 이 일을 하게 되었어요" "누군가를 도우며 살겠다 결심했어요" "내가 뭐라도 해야 하겠구나 생각했죠"라고 말했다. 특히 청소년이었던 희생자들의 나이 때문인지 청년들은 다른 세대보다 더 마음 아파하는 것 같았다. 또 안산의 청년들은 희생자나 그 가족의 지인으로 연결된 경우가 많았으니 그 마음이 더할 수밖에 없었을 테다. 안산 시민단체에서 일하게 된 청년들의 지원 동기에 세월호 참사가 종종 등장하는 것은 우연만은 아닐 것이다.

물론 세월호 참사를 보고 느끼는 아픔에 비켜 갈 세대는 없을 것이다. 그런데도 청년들에게 이 아픔이 있다는 걸 알게 되어 나는 새삼 미안했다. 이미 세상살이에 지쳐 버린 이들에게 이런 고통마저 안겨 준 것 같아서 말이다. 하지만 청년들은 나의 이런 미안함을 잘 이해하지 못하는 것 같았다. 내게 세월호 참사가 구해 주지 못한 죄책감으로 다가왔다면, 청년들에게 세월호 참사는 바로 내가 희생된 것, 자신의 생명이 빼앗긴 문제로 다가왔기 때문이다. 구해 주지 못한 미안함이 아닌, 구해지지 못한 분노였던 것이다. 청년들에게 세월호 참사는 '나'의 문제였다. 세대의 간극 사이에 세월호 참사라는 무겁고도 막중한 공통점이 있었지만, 그 빛깔은 이렇게 달랐다.

그 빛들이 세상을 어떻게 비추게 될지, 또 어떤 빛으로 세상을 물들일지 나는 알지 못한다. 그리고 세월호 참사로 청년 세대와 함께 나누는 마음이 있다는 것에, 나는 여전히 조금 미안하다. 하지만 마음 한편이 꽉 찬 듯 든든해짐을 숨길 수가 없다. 이렇게 각자의 다른 빛을 내놓을 수 있다면 금세 무지개를 채울 수 있지 않을까 싶어서 말이다. 나도 어서 색을 골라 봐야겠다. 이 글과 함께하는 당신도 어서 고르기를. 아, 노란색은 별이 된 아이들의 것이니 그것은 빼고 말이다.

2022년 2월

이영하

밥은 먹었어요?

2022년 4월 16일 1판 1쇄 펴냄
2022년 10월 26일 1판 2쇄 펴냄

지은이	이영하
펴낸곳	걷는사람
펴낸이	김성규
편집	김은경 김도현
디자인	김동선 신아영
주소	서울 마포구 월드컵로16길 51 서교자이빌 304호
전화	02 323 2602
팩스	02 323 2603
등록	2016년 11월 18일 제25100-2016-000083호
ISBN	979-11-92333-06-9
	979-11-89128-13-5 [04800] 세트